KB043796

여행 이야기로 주위 사람들을
짜증 나게 만드는 기술

여행 이야기로 주위 사람들을 짜증 나게 만드는 기술

초판 1쇄 발행 ㅣ 2017년 10월 27일

지은이 ㅣ 마티아스 드뷔로
옮긴이 ㅣ 김수영
펴낸이 ㅣ 이은성
펴낸곳 ㅣ 필로소픽
교　정 ㅣ 서민아
편　집 ㅣ 황서린, 이채영
디자인 ㅣ 이태인

주소 ㅣ 서울시 동작구 상도동 206 가동 1층
전화 ㅣ (02) 883-3495
팩스 ㅣ (02) 883-3496
이메일 ㅣ philosophik@ hanmail.net
등록번호 ㅣ 제 379-2006-000010호

ISBN 979-11-5783-092-3 03860

필로소픽은 푸른커뮤니케이션의 출판브랜드입니다.

이 도서의 국립중앙도서관 출판시도서목록(CIP)은 서지정보유통지원시스
템 홈페이지(seoji.nl.go.kr)와 국가자료공동목록시스템(www.nl.go.kr/
kolisnet)에서 이용하실 수 있습니다.(CIP제어번호: CIP2017023549)

여행 이야기로 주위 사람들을
짜증나게 만드는 기술

마티아스 드뷔로 지음 | 김수영 옮김

P 필로소픽

무엇보다도 일단 마치고 돌아오면
다른 사람들을 귀찮게 만드는 게 바로 여행이다.

사샤기트리

세계 여행을 하고 온 사람은
대화를 15분 더 끌려한다.

쥘르나르

오디세우스처럼 근사한 여행을 다녀온 사람을 상대하기란 보통 성가신 일이 아니다. 왜냐고? 재미있고 유려한 여행 입담을 자랑하는 이들도 있지만, 지루한 여행 이야기로 짜증 나고 귀찮게 하는 인간들이 너무나 많기 때문이다. 거짓말을 밥 먹듯 하는 카르타고인들은 코끼리를 타고 떠났던 여행을 터무니없이 부풀려 말하고, 바이킹들은 꿀물이 흘러넘치는 잔을 부딪치며 별빛 아래에서 자행했던 강간에 대해 지겹도록 떠들어댄다. 중세 기사들은 십자군 원정 모험담과 사라센인들을 단칼에 찔러 죽인 자기만의 비법을 늘어놓으며 호화로운 연회를 망치는가 하면, 산티아고데콤포스텔라 순례자들은 자기

네 아픈 발을 자랑하느라 여념이 없다. 마르코 폴로와 같은 감옥에(마르코 폴로가 여행에서 돌아왔을 때 베네치아-제노바 전쟁이 일어났고, 마르코 폴로는 제노바군의 포로로 잡혀 1년간 감옥에 갇혀 있는 동안 《동방견문록》을 썼다) 갇혀 있던 동료 죄수들은 그가 비단길 여정에서 얼마나 험난한 시련을 겪었는지 떠드는 소리를 틀림없이 귀에 딱지가 앉도록 듣고 또 들어야 했으리라. 크리스토퍼 콜럼버스와 함께 떠났던 선원들의 아내들이 겪었을 악몽은 두말할 필요도 없다. 평생 똑같은 이야기를 주야장천 들어야 했을 고역은 정말이지 얼마나 괴로웠을까.

19세기에 이르러 유람과 관광여행이 발달하고, 사람들이 무언가를 더 발견하기 위해서가 아니라 그저 해당 국가를 방문차 여행하게 되면서 구전 모험담은 힘을 잃었다. 낭만파 부르주아들은 그랜드 투어(1660년경부터 1840년대까지 유럽, 특히 영국의 상류층 자제들 사이에서 유행한 유럽 여행으로 이탈리아와 프랑스가 필수 코스다)를 떠나기 시작했고, 동양과 이탈리아 피렌체, 나일강 여행은 어느새 사교클럽 안에서 뭔가 심오해 보이는 겉치레가 되었다. 특히 이탈리아 여행이야말로 그 사람의 풍부한 감수성을 보여주는 인증서이자 사교적 윤활제였다. 그렇다면 여행자란

도대체 뭘 하는 사람일까? 쥘 바르베 도르비이Jules Barbey d'Aurevilly(19세기 프랑스 소설가이자 평론가. 작품으로 《멋쟁이 남자들의 이야기 댄디즘》, 《악마 같은 여인들》이 있다)는 '대화거리를 찾아 세상 끝까지 가는 사람'이라고 말한다. 1890년에 출간한 영국의 예절서는 벌써 신사들에게 이렇게 주의를 준다. '당신이 여행을 다녀왔다 하더라도 대화 중에 틈날 때마다 여행 이야기를 늘어놓아서는 안 된다. 여행은 돈과 시간만 있으면 누구든지 갈 수 있는 것이니까.' 몇 년 후, 비타 색빌웨스트Vita Sackville-West(영국 시인 겸 소설가. 블룸즈버리그룹의 한 사람이며 친구인 버지니아 울프의 소설 《올랜도》의 모델이라 전해진다)는 여행은 여가 활동 중에서 가장 원시적인 활동이라고 딱 잘라 말한다. 그런가 하면 소설가 콜레트Colette는 여행으로 얻을 수 있는 건 기껏해야 단편적인 상상력뿐이라고 믿었으며, 여행 경험이 많은 몽테를랑Montherlant(프랑스의 소설가·극작가)조차 여행에서 얻은 것이라고는 감성파 소녀 취향의 가볍고 일시적인 욕망뿐이라고 말했다.

한 번이라도 야쿠티아 공화국 횡단 여행담을 듣는 고역을 함께 견뎌낸 사람들이라면 서로의 고통을 잘 알리라. 여행을 마치고 돌아온 사람들은 여행지의 웅장한 풍경과 마법과도 같았던 만남에 흠뻑 빠져서는, 오직 주위 사람들에게 여행 에피소드와 인생 교훈, 이상향 같은 이야기들을 쏟아붓고 싶다는 생각으로 가득 차 있으니 말이다. 그래서 자기가 다녀온 여행지를 아득히 멀고도 아름다운 에덴동산처럼 묘사하기 시작한다. 당연히 여행에서 갓 돌아온 이들과의 만남은 견딜 수 없게 따분해지기 마련이다.

여행자들은 갖가지 약들을 지니고 다니지만, 불행하게도 정작 여행 이야기에 대한 면역력을 높이는 약은 없는 듯하다. 그러니 하는 수 있나. 여행에서 방금 돌아온 여행자는 40겹의 천으로 둘둘 말아놓는 수밖에. 아니, 여행에서 제발 좀 깨어나라고 '여행 만취객' 보호시설에 최소 열두 시간은 가둬놓든지. 하지만 모두 부질없는 짓. 몇 달, 몇 년이 지나도, 이들은 여행담을 늘어놓을 틈이 보였다 하면 절대 놓치지 않을 테니까. 그들의 파란만장한 여행담은 결코 연기 그칠 날 없는 굴뚝과 같다.

오늘날 여행은 더 이상 무슨 특권도 영웅적 행위도 아니지만, 모험가를 자처하는 아마추어 여행가에게는 여전히 위대한 모험을 향한 갈망을 채워주는 역할을 한다. 허세를 부리고 유식한 체하는 데에 여행만큼 좋은 재료를 제공하는 것도 없다. 세계 일주를 위해 결혼 혼수를 포기한 젊은 커플부터 민소매 티셔츠를 걸치고 살사 댄스를 추면서 자신의 남미 원정기를 노래하는 판초 비야Pancho Villa(멕시코의 혁명가)에 이르기까지, 여행에서 겪었던 고초담은 끝도 없이 펼쳐진다. 관광객이 아닌 것처럼 보이기 위해 그럴 듯하게 꾸미는 것은 여행자들이 좋아하는 또 하나의 게임이 되었다. 결국 이 게임에서는 관광객처럼 보이지 않기 위해 신중하게 행동하는 진정한 여행자보다 자신의 기행문에 도취된 가짜 탐험가가 훨씬 높은 승률을 가진다. 유머 작가 에드워드 달버그Edward Dahlberg는 사람이 이렇게 종종걸음으로 여기저기 쏘다니는 이유는 한 가지라 하지 않았던가? '자기 인생이 아무런 가치가 없다는 것을 깨달은 자는 자살을 하거나 여행을 떠난다'라고 말이다.

순진한 사람들은 흔히 여행에 '관용-호기심-자유로운 영혼'이라는 삼위일체를 갖다 붙인다. 소설가 쥘 르나르Jules Renard는 여행자들이 장소를 바꿀 뿐 그와 함께 생각을 바꾸는 것은 아니라고 강조한다. 생각에 변화를 주고자 떠난다는 여행자들에게 르나르는 짐짓 웃는 얼굴로 '뭔 생각?'이라고 되묻곤 했다. '마법과도 같은 만남'

이라든지 '경이로운 순간들'과 같은 주제까지 가면 의견 차이는 더 벌어진다. 유럽에서 가장 유명한 여행가이드 북인 《기드 뒤 루타르 Guide du Routard》의 창업자 필립 글로갱은 여행 중에 경험한 가장 아름다운 만남이 무엇이냐는 질문을 받았을 때, 60년대 비틀즈의 매니저 브라이언 엡스타인Brian Epstein의 차를 히치하이킹으로 얻어 타게 된 사연을 이야기했다. 그런가 하면 젊은 공동편찬자는 같은 질문을 받고, 요르단 경찰을 차에 태워준 기억을 떠올리며 '그건 정말이지 엄청난 경험이었어요!'라며 감동에 겨워했다.

천 년 전 사람들이야 기사들이 여행에서 돌아오길 오매불망 기다렸다지만, 지금 우리는 누가 여행에서 돌아온다고 하면 핸드폰 전원을 꺼버린다. 이제는 여행담보다 지겨운 이야기도 없다. 친구들을 괴롭히는 법을 배우고 싶은가. 그렇다면 이 책에서 소개하는 단 몇 차례의 수업이면 충분하다. '따분함이 뭔지 제대로 보여줄 테니' 호에 승선한 것을 환영한다! 자, 지금부터 소개하는 '따분한 여행담 전문가 매뉴얼'을 숙지한다면, 지루한 모험담으로 주위 사람들을 지치게 만드는 기술의 달인이 될 수 있을 것이다.

Contents

비행기 착륙, 여행 이야기의 시작

여행에서 돌아오는 비행기 안. 가장 재미있었던 여행 에 피소드를 엄선하여 옆 좌석에 앉은 사람을 모르모트 삼 아 실험해보자. 교통체증을 일으킨 뉴델리 코끼리나 당 신 백팩에 들어 있던 바나나를 가로채려 했던 싱가포르 원숭이 이야기로 그 사람 마음을 사로잡는 거다.

비행기가 착륙할 무렵. 승무원의 안내 따윈 무시하고 지 인들에게 당신의 도착을 알리는 문자 메시지로 융단 폭 격을 가하라. 짐을 기다리는 동안 여행담의 레퍼토리를 면밀히 점검하고 도착했을 때의 흥분을 이용하여 첫 에 피소드의 신선도를 최대치로 끌어 올려라. 여행의 추억 들이 겹치고 쌓여도 상관없다. 도착 당일 저녁에 당장 인질을 붙잡고 전체 레퍼토리를 모조리 다 들려주어야 한다. 인질을 어떻게 유인하냐고? 선물 쓰나미를 안겨주면 그쯤은 일도 아니지.

그것만은 제발!

저의 여행 이야기가 듣고 싶지 않으세요?

우연은 여행이 주는 선물이다

당신이 겪은 우연의 일치들을 소개하라. 알고 지내던 우
편배달부를 스페인의 어느 주유소에서 마주친 경험을 아
주 자세하게 묘사하라. 적당히 긴장감을 가미하여 듣는
이들의 혼을 쏙 빼놓는 것도 잊지 말자.

당신은 항상 적시적지에 있었다. 여행 중에는 행복한 우
연이 줄줄이 이어졌다. 카이만 악어 새끼가 태어나는 광
경을 보았고, 어느 무인 반도에서 발아래 흩어지는 고래
의 행렬을 마주쳤다. 호주의 사막 한가운데서 불었던 불
회오리, '요정의 불꽃'이라 불리는 빛나는 일본 버섯, 인
도 케랄라 주에 내린 붉은 비, '카푸치노 해안'이라고도
불리는 태평양 연안의 거품 바다, 메콩강 위의 나가 Nâgas

(인도 신화의 비·강의 정령으로 반은 사람이고 반은 뱀인 신)
화구, 중국 지린 성의 세 개의 태양 혹은 '환영 태양', 페
이 도주pays d'Auge(프랑스 서북부 노르망디 지방에 있는 지역명)
에서 바라본 북극 오로라 등, '인생을 열 번쯤 살아야 한
번 누릴까 말까 한 경험'을 줄줄이 늘어놓자. 이런 현상
들은 2억 년에 한 번 나타날까 말까 한 현상임을 덧붙이
며, 이를테면 유성 폭발 사건과 당신의 여정이 얼마나
착착 맞아떨어졌는지 강조하는 것도 잊지 말자.

당신이 하릴없이 무위도식하고 있음을 알려라. 당신의 신변잡기와 일거수일투족을 주위 사람들에게 실시간으로 알려라. 일기예보를 공유하고, 버스를 타고 이동한 시간과 버스 터미널에서의 기다림, 일출과 동시에 기상한 이야기, 변전소 근처에 숙소를 잡는 바람에 잠을 설친 이야기, 폐허가 된 고대 유적지들과 바다코끼리 상아조각 미술관 방문, 눕거나 앉아 있는 불상, 동물 혹은 버섯 모양의 암벽 등 모든 것을 보고하라.

당신에게 위치추적 장치가 달렸다 생각하고, 당신의 위치와 이동 시간을 주야장천 정확하게 알려라. 전 세계를 항해하는 사람처럼 세계지도 위에 당신의 여정을 점선으로 이어 모두가 알아보게 하라. '북쪽으로 전진', '서쪽으로 방향 전환', '남쪽으로 하강' 등. 당신은 이제 사방으로 팽팽 돌아가는 나침반이다.

당신의 건강 상태를 주기적으로 지인들에게 알려라. 유명한 등산가나 우주비행사들이 다들 그러지 않던가. 여행 중에 걸린 병의 기이한 증상뿐만 아니라 위장 상태 변화, 복용한 설사약의 이름과 양까지 소상히 알려라. 포도상구균 감염 증상과 동행한 아이의 충치도 사진 찍어 보여줘라.

지진과 자연재해가 일어도 걱정할 필요 없다. 이 기회에 매스컴을 타는 거다. 지인들을 잔뜩 걱정시켜 당신이 그들에게 소중한 사람임을 확인하라. 자세한 사항은 생략하고, 단지 위험한 상황에 처했다는 사실만 알리고는 며칠 동안 연락 두절 상태로 있는 것도 괜찮다.

'현지인'처럼 여행한다고 분명히 말하라. 당신은 '현지인'처럼 버스를 타고, '현지인'처럼 4등석 기차표를 산다. 모든 수입 식품을 거부하면서 '현지인'처럼 먹고 '현지인'처럼 화장실에 간다. '이 맥주, 샴페인보다 훨씬 낫네!'라고 하면서 현지 맥주에 경탄하라. 현지 환경에 완벽하게 동화하도록 도와줄 옷차림과 편의용품 등 당신만의 비밀 팁을 공개하라. 로프로 만든 침대, 수단의 골목 시장에서 산 식물로 만든 칫솔, 트래킹복, 신발에 뿌리는 탤컴파우더, 베네치아에서 조지 고든 바이런의 발자취를 따라갈 때 유용하게 쓰일 풀 먹인 종이 가면 등이 좋은 예다.

마
르
지
않
는
샘
물
처
럼

여행 이야기를 잠시도 멈추어선 안 된다. 그러다 보면 어
느새 이야기 실력이 늘어 완벽하게 다듬어진 이야기가
술술 나오게 될 것이다. 잘 다듬어진 이야기는 누구나 멜
수 있는 배낭처럼 어떠한 상황에도 어울리기 마련이다.
이야기할 기회라는 기회는 하나도 놓치지 말고 활용하
라. 그러고 나면 이야기 실력이 상상도 할 수 없을 만큼
일취월장해 있을 것이다. 이야기가 점차 제 모습을 갖출
수록 감정은 손에 잡힐 듯 생생해진다. 주저하지 말고 같
은 이야기를 끊임없이 반복하라. 마치 다이아몬드를 세
공하듯. 청중이 반응할 수 있도록 잠깐의 공백을 두는 것
도 좋은 생각이다. 새로운 손님이 불시에 나타날 때마다,

친절하게, 처음부터 이야기를 다시 시작하라. 덕분에 처음부터 경청하던 손님들은 아쉽게 놓친 부분을 다시 들을 수 있을 것이다.

누군가가 당신에게 이야기를 해달라고 부탁할 때까지 절대 기다리지 마라. 대화를 주도함으로써 사람들을 놀라게 할 뿐만 아니라 당신이 여행 이야기를 할 수 있는 적절한 기회를 이끌어내야 한다. 우선 어떻게 이야기를 시작할지 아이디어부터 모으자. 시사 문제로 시작해도 좋고, 어느 먼 나라의 시골 풍경을 떠올릴 수 있도록 재스민 향기나 물에 젖은 염소, 이국적인 칵테일 한 모금으로 이야기의 물꼬를 터도 좋다.

따뜻한 곳에 있다 오니 이곳의 여름은 꽤나 서늘하다든지, 유럽에서 겨울을 지내본 지도 벌써 여러 해가 되었다고 말하라. 가벼운 농담조로 '아, 그건 정말 아프리카 같네요. 거긴 직접 가봐야 돼요. 말로는 설명하기 힘들어서…'라고 지나가듯 말하면서 듣는 이의 호기심을 자아내는 것도 좋은 방법이다.

이야기로 친구들을 사로잡을 수 있다는 확신을 가지고 마르지 않는 샘물처럼 이야기를 퍼내라. 이야기할 시간을 무한정 늘려라. 충분히 이야기가 될 만한 소재에는 시

왕
재수.

아프리카
거긴 직접 가봐야,
말로는 설명하기
힘들어서리.

간제한 따위란 없다. 장기전으로 가라. 한 나라를 방문하여 깊이 알기까지 시간이 필요하듯 많은 추억들을 골고루 잘 섞어야 황금 같은 여행담이 만들어진다. 당신이 얼마나 기막힌 시련을 겪었는지, 청중들은 그 긴 이야기를 얼마든지 참고 들어줄 것이다. 그들은 말라리아 예방접종, 각종 백신, 시차, 피로, 발에 잡힌 물집, 소매치기, 끝날 것 같지 않은 대기 시간을 견딜 일이 없었을 테고, 빌하르츠 주혈흡충에 감염된다든지 이코노미 클래스 증후군으로 더 잘 알려진 정맥혈전색전증에 걸릴 위험 같은건 겪어보지 못했을 테니까.

모두가 듣고 이해할 수 있도록 쉽고 평범한 단어를 사용
하라. 웅변 중의 가장 아름다운 순간은 때때로 가장 기
초적인 단어에서 비롯한다.

어떤 경치의 광활함과 거기서 느낀 황홀함을 설명할 땐
'웅장하다', '멋지다', '놀랍다', '숨이 멎을 듯하다'와 같
은 형용사 서너 개 정도면 충분하다. 당신이라는 사람과
완벽하게 일치하는 경치라고 생각하면 된다. '~할 만하
다', '~할 가치가 있다'와 같은 표현을 아끼지 마라. '붐
비는 도시', '풍요로운 자연'이라는 표현도 꾸준히 써라.

그러나 모든 표현의 정수는 '내 마음에 쏙 든다'이다. 사
람들, 공원, 대륙뿐만 아니라 콰트로첸토Quattrocento(이탈리

아 15세기 문화) 시기의 걸작은 물론이려니와 시칠리아의
치즈 제조인에게도 쓸 수 있으니 얼마나 유용한가.

방콕을 시적으로 표현한 이름이자 세계에서 가장 긴 지명으로 알려진 'Krung thep mahanakhon bovorn ratanakosin mahintharayutthaya mahadilok pop no-paratratchathani burirom udomratchanivetma hasathan amornpiman avatarnsa thit sakkathattiyavisnukarmpra-sit(태국의 수도인 방콕의 정식 명칭. 약어로 'Krung thep'이라고 하며, 천사의 도시라는 뜻이다)'을 말하는 중간중간 여러 번 인용하여 강한 인상을 남겨라.

초안까지 만들어가면서 이야기를 체계적으로 구성하려 해서는 안 된다. 그보다는 흥분을 가득 담아 속사포처럼 쏟아내는 말, 청중에게까지 전해지는 열의와 숭고한 열정이 더 중요하다. 이야기할 거리를 느긋하게 정리하기보다 일단 말부터 퍼붓고 보는 거다. 잠시 삼천포로 빠져도 좋다. 다른 길로 빠지는 것이야말로 모험이 아니던가. 진정한 모험가는 계획을 세우지 않는 법. 국경 하나를 넘어본 경험이 있다면, 당신은 이미 전문 분야를 벗어난 주제들까지 다룰 수 있는 권한을 부여받은 것이나 다름없다. 상상력을 더 발휘해 본론에서 벗어나도 괜찮다. 굵직한 지정학적 문제부터 당신이 접해본 이국의 기이한 관습까지, 다루지 못할 주제가 무엇이겠는가.

블로그에 뭐든지 포스팅하라. 글쓰기 속도에 박차를 가하라. 쓸모없는 정보라도 괜찮다. 독자가 보고 있다면 무슨 말이든 퍼부어라. 로스앤젤레스 공항에서는 셔틀버스를 타야만 모든 렌터카 업체를 만날 수 있다고 정확히 알려주자. '환영합니다'를 자파로어zaparo(에콰도르와 페루에서 사용하던 언어로 현재는 거의 사라졌다)로 어떻게 말하는지, '건배'는 핀란드어로 뭐라고 하는지 가르쳐 주어라. 손을 합장하고 허리를 숙이는 표현을 비롯해 모든 친절의 표시들을 전부 알려주어라.

아이들과 함께 여행할 기회가 생긴다면, 이 '꼬마 여행가' 그러니까 어딜 가든 원하는 것은 무엇이든 얻어내고야 마는 이 '꼬마 싸움꾼'들이 이뤄낸 쾌거를 침이 마르고 입이 닳도록 이야기하라. 관대함과는 거리가 먼 탄자니아 사람들에게까지 원하는 걸 얻어내고야 만 아이들의 승리를 마음껏 자랑하라. 흰 개미집 위에 막내 아이의 생일 축하 초를 꽂는 것처럼 기상천외한 아이디어는 마땅히 자랑해야 하지 않겠는가!

신은 디테일에 있다

당신의 이야기는 방대한 디테일의 숲에서 길을 잃어야 한다. 집을 떠나 있는 동안 애완용 도마뱀을 돌봐줄 사람을 찾아야 했던 어려움, 출발 전날 땀 방지 깔창이 다 팔린 바람에 상점 앞에서 빈손으로 돌아와야 했던 고초, 해외 쇼핑에서 세금을 돌려받는 세세한 노하우, 항공권 구매 조건과 마일리지 적립 문제를 깐깐히 따지는 법 등을 최대한 소상히 이야기하라. 저명한 독일 건축가 미스 반 데어 로에는 '신은 디테일에 있다'라고까지 하지 않았던가. 일상적인 디테일도 예외는 아니다. 흥거운 저녁 식사 시간에 중국 공중 화장실의 등급과 놀라운 위생 상태에 관해 최대한 상세히 설명해보는 것을 검토할 필요가 있다.

역사 시간에 배운 지식을 활용하자. 이야기 시작부터 메소포타미아 왕조의 계보를 줄줄 읊거나 알고 있는 모든 신들의 이름을 나열하면서 친구들을 가르쳐라. 그 유명한 교육자 데일 카네기도 '청중은 짐을 꽉 채워 실어야 하는 노새와 같다'라고 즐겨 말한 바 있다.

먼 이국의 섬 주민들의 피에는 바다가 흐른다고 말하며 환상적인 전설들을 이야기하자. 이곳에서는 고요함이 축제의 상징이라고 설명하면서, 끝없이 펼쳐지는 고요한 해변에 대해 주술사 이야기를 곁들여 정밀 묘사하라.

그
곳
을
사
랑
하
라

여행지를 애인처럼 의인화하라. 어떤 도시를 마치 애인
으로 삼고 싶은 이를 소개하듯 소개하라. '매혹적이고 아
름다운 도시', '물과 보석으로 빚은 오페라의 디바', '천
의 얼굴을 가진 이 유혹의 도시에는 마법 같은 매력이
절대 마르지 않는다'라고 소개하고는 다음과 같은 사랑
고백으로 마무리하라. '이곳은 그저 하나의 도시가 아니
다', 이곳이야말로 '관점의 학교l'école du regard(1950년대 프랑
스의 신소설 흐름을 주도했던 출판사 '심야 총서Edition de Minuit'의
또 다른 이름)다!'

당신이 여행을 얼마나 사랑하는지 끊임없이 내비춰라.
우연히 들려오는 전통 가곡이나 국가國歌, 〈호텔 캘리포

니아Hotel California〉나 〈암발라바Ambalaba〉와 같은 노래를 흥얼거리고, 'Asimbonanga Asimbonang´u Mandela thina Laph´ekhona Laph´ehleli khona(쟈니 클레그가 만델라가 수감되어 있을 당시 만델라를 위하여 만들었던 노래 아심보낭가 Asimbonanga 가사)'와 같은 가사를 콧노래로 흥얼거려라. 아프리카의 한 부족에서 조상 대대로 내려오는 부적을 가져와 즉석에서 조작하는 것 또한 청중들의 호기심을 자극할 수 있을 것이다.

애초에 떠날 운명이었던 것

모험가의 자질을 타고났음을 알려라. 루돌프 누레예프Ru-
dolf Noureyev(소련 출신 안무가 겸 무용가)처럼 당신은 애당초
기차 안에서 태어난 것이다. 당신의 어머니는 에스키모
인처럼 당신을 등에 업어 키웠으며, 당신은 애착 인형 대
신 지구본을 안고 잠이 들었다. 낯선 사람, 낯선 곳이라면
무엇이든 당신을 사로잡았다. 당신은 아주 어린 시절, 바
다를 바라보며 '저 반대편에서는 과연 무슨 일이 일어나
고 있을까?' 하는 의문과 함께 첫 '부름'을 느꼈다. 부모
님께는 왜 아마존 밀림에서 자라는 게 훨씬 더 행복할 것
인지를 설명하곤 했으며, 세상을 향한 목마름은 이웃 마
을에 봉지 사탕을 사러 가면서 더욱 구체화되었다. 여덟

살에는 폭우가 쏟아지던 밤, 사방으로 바람이 들이치는 어부의 집에서 이불을 뒤집어쓰고 낡은 램프 불빛 아래서 조지프 콘래드(영국 소설가 겸 해양 문학의 대표적 작가)의 작품을 독파했다. 그리고 마침내 푸아투 습지Marais poitevin로 캠핑카를 타고 가족 여행을 다녀온 뒤, 당신이 모험가가 될 운명을 타고났다는 것은 이미 자명한 사실이 되어 있었다.

예리해야 한다. 하나의 도시를 단 세 개의 이미지로 단번
에 요약해내는 훈련을 하라.

예를 들자면, '나에게 뉴욕이란 바벨탑, 조깅, 가스펠이
지'처럼 말하는 거다. 그리고 '범세계주의', '모자이크' 혹
은 '혼합 민족'과 같은 키워드로 미화하라. 이러한 단어들
은 음식, 음악, 문화, 국민 등에 다양하게 적용할 수 있다.

여
행
자
의

철
학

당신만의 여행에 대한 정의를 전파하라. 티베트식 속담을
지어내거나, '여행이란…'으로 시작하여 '다른 세기 사람
과 대화를 나누는 것'이라거나 '살짝 죽어보는 것', '인간
으로 사는 법을 다시 배우는 것', '나 자신을 마중 나가는
것', '관용이 뭔지 모르는 자에게 날리는 세찬 따귀와 같
다', '음식을 맛보는 행위다', '위대한 자기성찰이다'로 끝
나는 유명한 명언들을 인용하라.

공 들여 당신의 여행에 깊이를 더하라. 여행을 떠나기로
마음먹은 계기가 무엇인지, 어떤 모험들과 사투를 벌여야
했는지, 어떤 감상들에 빠졌는지, 나도 몰랐던 내면의 비
밀을 어떻게 발견했는지, 탐험가로서 어떤 철학을 정립했

는지 틈날 때마다 언급하라. 말의 힘으로 청중을 사로잡아라. 당신은 '세계를 가슴에 가득 채우기 위해', '한 민족의 정신을 이해하기 위해', '이국을 길들이기 위해' 떠난 것이다. 요컨대 가장 먼 곳으로의 여행이야말로 존재의 핵심, 가장 자기다운 '자신'에 이르는 가장 짧은 여정이라고 결론지으며 이야기를 마무리하라. '미지의 땅, 그것은 바로 당신이다.'

《기드 뒤 루타르》의 또 다른 창업자가 한 말을 인용해 정곡을 찔러라. 조금 길지만, 읽을 때마다 뜻이 풍부해지는 인용구다.

> 여행자는 단 한 번의 만남으로 만들어지지 않는다. 인생에서 뽑아낸 무수한 실 뭉치들, 수많은 만남에서 비롯한 다양한 재료들이 기이하게 혼합되어 마침내 한 사람의 여행자가 탄생하는 것이다. 이는 상상 속의 둥지를 만들기 위해 찾을 수 있는 모든 재료를 찾으러 멀리 떠나는 한 마리 새와도 같다.

'나는 풍경 속을 여행하는 것이 아니다. 사람들 사이를 여행하는 것이다'라고 선포하며 타인을 향한 갈증을 부르짖어라. 당신이 여행을 떠나는 본래 의도는 많은 사람을 만나고 그들의 진정한 모습을 발견하기 위해서다. 건축물의 메마른 석회암보다 인간의 손길을 더 좋아해야 진정한 여행자 아니겠는가. 여행지에 흠뻑 빠진 후에야 비로소 진정한 여행을 했다고 할 수 있다. 그리스의 파트모스섬에서 일주일을 보내고 나면, 절반은 그리스인이 된 것이나 다름없다. 태국이 당신을 얼마나 열렬히 환영했는지, 당신에게 어떻게 음식을 접대했으며, 당신이 실수해도 비난하지 않고 오히려 어떻게 위로해주었는지 중언하라. 인도에서 대화를 나눈 사람이라고는 룩셈부르크에서 온 정보처리 기술자와 프랑스 르망 지방에서 온 회계학과 학생이 전부였을지라도, 당신과 인도 사이의 떼려야 뗄 수 없는 관계를 찬양하라. '나는 인도에 다녀왔다. 그리고 언젠가 인도 사람들을 기억하며 다시 돌아갈 것이다.'

베르베르 사람(북아프리카 인종)보다 더 베르베르 사람 같은 태도를 보여라. 그리고 이제는 마음의 고향이 된, 생명력 넘치는 풍습을 간직한 모로코의 작은 마을을 떠올려보라. 당신을 친자식처럼 맞이했던 마을 사람들의 유순함, 당신을 원주민과 동등하게 대해준 족장과 어부들, 마을의 치유사에 대해 설명하라. 그곳은 '양부모님'과 다름없는 사람들이 사는 마을이라고. 마을 이름을 알려달라는 요청은 단호히 거절하라. 단체 관광객들에게서 마을과 마을 사람들을 지켜야 한다.

"저는 여러분 모두가 일생 동안 만나는 사람보다 더 많은 사람들을 일주일 만에 다 만나고 왔지요!" 하고 자화자찬하라. 하지만 각 나라마다 기억에 남았던 단 하나의 만남을 신중히 선택해야 한다. 아틀라스산맥에서 어느 눈먼 목동을 만났던 이야기나, 이른 새벽 갠지스강의 물로 차를 끓여준 요가 수행자, 카르파티아산맥에서 양떼를 몰던 농장 안주인에게서 느낀 파괴적인 열정, 밤새 밤하늘 별자리를 설명해주던 멕시코 할머니, 말레이시아 원주민 오랑 아슬리Orang Asli에게 배운 취시통(입으로 불어 화살을 쏘게 만든 통) 만드는 기술 등 한 나라에서 경험한 감동적인 만남을 하나씩만 엄선하라. 그리고 그 나라의 언어를 구사하지 못해도 아무런 문제가 없었노라고 털어 놓아라. 눈빛과 미소만으로도 통하는 법이니까.

나라를 막론하고 아름다운 아이들의 모습을 찬양하라. 어린아이의 웃음이야말로 가장 아름다운 행복의 이미지이자 가장 보편적인 언어가 아닌가? 당신은 여행 중에 기념사진을 찍기 위해 어디서 갓난아기를 '빌려'서라도 젖병을 물릴 생각을 했을지 모른다(뭐, 당신이 직접 젖을 물리지 못할 이유도 없겠지).

여행 중에 만난 친구들을 최대한 끌어들여라. 스테프와 마뉘Steph & Manu(프랑스 방송 채널 'W9'에서 방영했던 예능 프로그램 〈태국에 간 마르세유 사람들〉에 출연한 커플), 프레드와 안느-소Fred & Anne-so(프랑스 최초 문학 예능 프로그램 〈발자크 아카데미〉의 출연자 중 두 명), 세브와 베로Seb & Véro(1996년 당시 18살, 19살의 나이에 정신이상과 치기 어린 사랑으로 16살의 압

델을 살해한 두 청소년. 세바스티앙과 베로니카)처럼 여러 커플들이 겪은 크고 작은 역경으로 당신의 이야기를 채워라.

웨
어
아
유
프
롬
?

지역 주민들의 전설적인 환대를 강조하라. 탐욕을 부리지
도 않고 대가를 바라지도 않는 마음에서 우러나오는 환
대 말이다. 몽둥이질로 여행자를 맞이하는 나라는 어디에
도 없으니, 환대야말로 어느 나라에나 적용할 수 있는 가
치다. 오히려 지역 주민들은 넘치는 호기심으로 "웨어 아
유 프롬", "왓 이즈 유어 네임", "퍼스트 타임 인…?"이라
고 물을 것이다. 정작 당신을 쫓아다닌 사람은 가이드 노
릇을 하려는 사람들뿐이고, 길에서 들은 소리라고는 "선
생님, 여기 택시 타세요!" 같은 외침뿐이더라도. 다시 한
번 상기하라. 이러한 복병들도 청중을 끌어당기기에 충분
하다는 사실을.

선량한 미개인의 이미지를 다시금 살려내라. 그곳 사람들은 세상에서 가장 사랑스럽다고 서슴지 말고 뻔뻔하게 말하라. 지역 주민들의 친절을, 그들의 눈빛만 봐도 당장 알 수 있는 따스한 마음을 입에 침이 마르도록 칭찬하라. 그들은 항상 유쾌하고, 삶의 기쁨으로 충만하며, 언제든지 대화를 나눌 준비가 되어 있고, 가난 속에서도 품위를 잃지 않는 치명적인 매력의 소유자들, 소위 '선진국' 사회를 일깨워줄 교훈이 무궁무진한 사람들이다. '가진 것 하나 없지만, 항상 허리가 끊어지게 웃는 사람들'이라고 그들을 소개하라. 때로는 오글거리는 은유를 감행할 필요도 있다. '필리핀 사람들의 어깨에는 언제나 행복의 나비가 앉아 있다'와 같은 꿀 바른 말을 써보자. 그리고 그 행복의 나비는 만원 지하철에서 시달리는 사람들의 얼굴과는 차원이 다르다는 말도 빼놓지 마시길.

또
다른
우리들

지구
건너편의

지구 반대편에 사는 당신의 '진정한 친구들'이 당신을
얼마나 보고 싶어 하는지 꼭 상기시켜 주어라. '바람의
아들'이라 일컫는 몽골인들, 아프리카 말리의 그리오들
Griot(아프리카 역사를 구송하는 전통음악 가수, 시인), 서아프리
카인과 같이 당신의 감정과 가치에 완벽하게 부합했던
그 친구들이 그립다고 하라. 놀랍도록 평온한 그들은 물
세 방울을 가지고도 훌륭한 일을 해내고 주변의 모든 것
이 제자리를 되찾도록 돕는다. '진정한 친구들'과 더욱
가까워질 수만 있다면 마음의 고향에 국적을 요청할 의
향도 있다고 하라. 단, 스위스 같은 나라는 피하고 되도
록 '아프리카의 뿔(아프리카 북동부를 가리킨다)'에 속하는

국가들을 선택하라.

캐스팅은 가차 없도록. 지구 반대편에는 법원 사무관이나 보험 판매원 같은 직업이 존재하지 않는다고 철석같이 믿는 척하라. 그리고 백여 년에 걸친 전통을 고수하며 소소한 일로 생계를 꾸리는 진실한 사람들을 택하라. 침엽수림 지대의 은둔자나 히말라야산맥 쿰부Khumbu 빙하지대의 안내자, 혹은 야크 사육자가 어떨까. 히말라야고원에 사는 다드족 목동이 느끼는 삶의 기쁨, 인도 뭄바이 귀 청소 전문가의 인내, 프놈펜에서 만난 과일 장수 여인의 해맑은 표정을 떠올려라. 당신의 돈을 환전해준 창구 직원의 환한 표정 같은 건 굳이 말하지 않는 게 좋겠다.

당신의 여정을 가득 채운 이 '수호천사'들과 만난 후로는 더 이상 우연을 믿지 않는다고 고백하라. 보이지 않는 힘이 당신을 조종하고 있으니까. 매번 다시 길을 떠날 때마다 겪어야 했던 고통스런 헤어짐을 추억하라.

이야기가 밋밋하다 싶을 때쯤 수염을 멋들어지게 기른 러시아 농부의 잘생긴 얼굴, 피부가 양피지처럼 부드럽고 맨들맨들한 노파들, 노새 부리는 할아버지, 꽁꽁 언 생고기와 보드카로 아침 식사를 함께했던 캐나다 모피 사냥꾼 이야기로 풍미를 더하자.

이탈리아 사람은 아이들을 좋아하고, 쿠바 사람은 축제를 즐길 줄 알며, 러시아 사람은 술고래라는 등, 각 나라 사람들을 쉽게 이해할 수 있게 몇 가지 특징을 알려주는 것도 좋다.

무
한
여
행
경
쟁
시
대

관광객을 비웃어라. '태닝족'을 호되게 비난하라. 당신
은 '지적인' 여행자다. 소위 '운반'되어온 평범한 관광객,
즉 무엇에든 확신이 서야 하고 조금이라도 불안하다 싶
으면 공포에 벌벌 떠는 일반인들과는 전혀 다르다는 점
을 집중적으로 부각하라. 여행에는 결정적인 것은 아무
것도 없으며, 한 치 앞을 내다볼 수 없는 것이야말로 여
행의 묘미라고 가르쳐라. 여행과 관광의 차이점을 설명
하기 위한 자극적인 문구를 머릿속에 새겨 넣어라. 이를
테면 '여행과 관광의 차이는 말이지, 애인과 사랑을 나누
는 것과 매춘부와 자는 것의 차이라고 할 수 있지' 정도
면 적당할 듯.

주변에 당신 말고 다른 여행자들이 있다면, 이전 경험을 몽땅 쏟아내어 그들의 이야기를 반박하는 것이 관건이다. 사막의 일몰이 주제로 떠오를 땐, 그들이 본 일몰보다 더 멋있는 일몰, 덜 멋있는 일몰, 똑같이 멋있는 일몰을 총동원하라.

오, 이런, 당신이 신나서 이야기하는 와중에 누군가가 별안간 당신 말을 끊고는 자기 여행 경험을 들고나와 떠들기 시작한다면? 신속히 제압하여 당장 그 입을 막아버려라. 그 사람이 언급한 장소는 관광지 분위기가 물씬 나는 데다, 그 나라 경제 사정에 비해 물가가 터무니없이 비싼 곳이라 일부러 제외했다고 강조하라. 거기 말고 모기가 우글거리고 안개가 짙은 늪지대를 세 시간이나 걸어야 갈 수 있는, 보석과도 같은 사원을 가보지 않았다니 그 사람의 여정이 너무 부실한 거 아니냐며 신랄하게 꼬집으라.

한 나라를 넉넉한 시간을 갖고 여행하지 않는 자들을 경멸하라. 그들의 여행 기간이 얼마였든지 '그것으로는 부족해!'라고 아쉬워하며 그들에게 거만한 사람이라는 누명을 뒤집어씌워라. 그리고 당신 역시 그토록 다채롭고 풍부하며 신비로운 나라를 충분한 시간을 갖고 여행하지 못했다며 안타까워하라. 당신이 여행지에 머문 기간을 살짝 부풀리는 것도 좋겠다. '두 달 동안 인도에 있었다'라고 하는 대신 '10주 반 동안 인도에 있었다'라고 한다든지.

어휴
촌스런
관광객들
같으니…

낯
선

이
방
인
의

기
억

당신이 '유일한 사람'이었던 경험을 찬양하라. 인도인들
로 가득 찬 버스에서 이방인이라고는 당신밖에 없었다
고 거드름을 피워라. 관광지에서조차 관광객을 한 명도
마주치지 않았다고 자랑하라. 어느 해 8월 15일, 로마의
트레비 분수가 오직 당신만을 위해 물을 뿜었던 것처럼
말이다. 새벽 기차를 타고 아스텍 문명의 대표 유적인 테
오티우아칸에 첫 번째로 도착한 이야기를 아주 상세하
게 하라. 관광객들로 미어터지는 버스가 들이닥쳤을 때
당신은 이미 탐방을 마치고 돌아가는 길이었다고 끝을
맺으면서. 이집트 피라미드, 그랜드 캐니언, 앙코르 와트
사원을 이야기할 때에도 같은 레퍼토리를 반복하라.

반경 300km 안에 인간이라고는 당신뿐이었던 경험, 그 경험에서 우러나오는 자부심을 한껏 드러내라. 습기 머금은 공기, 물오른 나무로 가득 찬 숲의 냄새, 동물 울음소리는 당신이 그곳에 존재하는 유일한 인간임을 상기시켜주었노라고. 당신은 광대한 자연을 온몸으로 느끼는 어마어마한 선물을 받은 유일한 인간이었노라고. 아니면 그냥 "세상에 에베레스트와 나, 단 둘뿐이었다"라고 선언하라. 이보다 더 간단명료할 수는 없다.

진실을 밝혀라. 정치적으로 불안정한 국가를 이야기할 땐 여행 중에 적대감이라고는 전혀 느끼지 못한 척하라. 늘 모든 것을 과장하기만 하는 글로벌 미디어가 흘리는 이미지와는 정반대의 단면을 보여주어라. 기자들이 갖다 붙이는 부정적인 이미지에 고통받던 주민들이 드디어 상황을 제대로 볼 줄 아는 외국인, 바로 당신을 만나 크게 기뻐했다고 전하라. 당신이 지켜야 할 유일한 기본 원칙은 '객관성'이다.

'일어날 뻔했던' 모든 일을 극적으로 묘사하고, 위험했던 상황을 강조하라. 광견병에 걸린 사냥개 무리에 포위당한 일, 그렇지만 눈빛 하나로 그 개들을 단숨에 제압해버린 일을 상세히 이야기하라. 당신이 그 정도라면 다른 여행객들이 당한 재난이 얼마나 위험했을지 안 봐도 빤하다고 과장하라. 그리고 여행 중에 두려움을 느낀 순간도 있었지만 그 두려움이 당신의 감각을 더욱 날카롭게 벼렸다고 고백하라.

니카라과, 엘살바도르, 아이티와 같이 이름만 들어도 온몸이 전율하는 국가들을 하나씩 호명하라. 보고타에 도착한 지 30분도 안 되어 가짜 경찰들에게 현금카드 비밀

번호를 털린 이야기는 생략하자. 차라리 어쩌다 콜롬비아 무뢰한들과 나란히 앉게 된 이야기를 퍼뜨리는 편이 더 낫겠다.

청중을 실망시키지 않으려면 몇 가지 사실은 슬쩍 빠뜨리는 죄를 지어도 괜찮다. 이스터섬에 현금지급기가 있다는 사실을 언급하지 않은 건 잠깐 깜빡했기 때문이다. 후안 페르난데스 제도에 있는 로빈슨 크루소 섬 주민의 집에는 TV와 초고속 인터넷이 갖춰져 있다는 사실도 깜빡 잊고 말을 안 했을 뿐이다.

시사 문제가 나오면 얼른 가로채서 당신의 화제로 돌려라. 몬트리올을 여행하던 당시, 한 빌딩 꼭대기의 회전식당에서 브런치를 먹던 2001년 9월 11일의 오전을 회상하라. 테러 뉴스를 접하고도 냉정함을 유지해 동요하는 주변 사람들의 공포심을 누그러뜨린 이야기를 해주자.

전쟁 하나를 꾸며내도 좋다. 실제로 전투 복장을 한 십대 소년이 당신을 스파이로 착각하고 칼라시니코프 자동소총을 겨누었을 때, 그의 불타는 눈빛을 아직도 생생하게 기억하지 않는가. 그 소년이 맥주에 잔뜩 취해 있었기 때문에, 단 몇 초 만에 모든 상황이 끝나버릴 수도 있었다. 당신이 전쟁 중인 국가의 일개 이웃이라는 사실만으로도 그것을 이야깃거리로 삼을 자격은 충분하다. 공항 출입국 검사, 도처에 퍼진 긴장감, 출발 직전의 군 수송차량들이 당신이 탄 버스를 스쳐 지나간 장면들을 묘사하라. 전투와 혁명, 쿠데타가 다 끝난 후에 그곳에 도착했다 할지라도, 내가 태국과 베트남, 리비아를 '정복했다'는 군대식 비유를 쓰는 게 좋다. 자신이 정복한 모든 지역을 하나하나 짚어가며 성경을 읽던 나폴레옹처럼, 지구전도를 손가락으로 짚어가면서 이야기하면 더 효과적일 것이다.

분쟁지역 및 통행 제한 구역과 멀리 떨어진 대자연 한가운데 150m 상공에서 당신이 탄 집라인Zipline이 몇 분간 멈춰 섰던 상황을 이야기하라. 울창한 숲에서 불쑥 튀어나온 긴팔원숭이의 울음소리를 흉내 내면서 이야기하면 더 오싹해지겠지?

길은 지도 밖에 있다

낯선 도시의 뒷면을 밝혀내는 비법을 공개하라. 절대로 지도를 참고해서는 안 된다. 당신 사전에 지도 따위 없다. 당신은 이리저리 떠돌아다니며 방랑하고, 되는대로 구석구석 골목길을 뒤지고, 밤에는 경찰조차 꺼리는 위험한 지역을 배회하기를 즐기는 진정한 여행자니까. 그럴 만한 가치가 충분한 도시라고 일관되게 주장하라. 한 도시에서 진정한 친구를 사귀는 데는 24시간도 채 걸리지 않는다고 우겨라. 당신은 친절한 택시 기사에게 아무도 가려 하지 않는 곳이 어디인지 묻는다. 밤에는 술집 주인과 길거리에서 만난 사람들이 그 시간에 즐길 수 있는 곳을 가르쳐줄 것이다. 그리고 다음 날 당신은 관광객들

대부분이 찾지 않는 빈민가의 한 식당에서 식사하고 있는 자신을 발견하겠지.

몇 주 전부터 이리저리 떠돌아다닌 당신. 지도 밖으로 나가고 싶은 갈망은 당신의 신분까지 바꾸었다. 이제 당신은 진정한 유목민, 고행을 찾아 떠난 순례자다. 곳곳에 당신의 발자취가 남긴 지워지지 않는 흔적들을 알려주어라. 당신의 용기는 늙은 악어 사냥꾼을 아연실색게 했고, 토고의 작은 마을 주민들은 당신이 다녀간 지 몇 년이 지난 지금까지도 젬베(아프리카에서 축하연이나 제의에 사용하는 큰 성배 모양의 북) 소리에 놀라운 참을성을 보였던 당신을 여전히 기억할 것이다.

걸어서, 혹은 자전거를 타고 마을에 도착한 당신을 보고 마을 주민들이 얼마나 놀라며 반겼는지 당시의 상황을 생생하게 재현하라. 무엇보다도 당신은 당신의 여행 철학을 공유하면서 몇몇 지방에서는 신화적 존재가 되었으리라. 자유를 향한 당신의 갈망이 그들을 일깨워 한자리에 모이게 하고 그로 인해 마을의 교통은 혼잡해졌을 것이다. 당신이 주민들의 소소한 일상에 관심을 가지면서, 사람에 대한 신뢰를 잃었었던 그들의 인식을 뒤흔들어 놓았을 것이다. 아프리카 대륙의 잦은 종족 갈등에 분노한 당신은 증오에 대한 주민들의 문제의식을 환기하려 노력했을 것이다. 평화의 대사가 된 당신이 어떻게 AK-47 자동소총 소리를 잠재웠는지, 30년 동안 전쟁이 끊이지 않던 두 부족을 어떻게 화해시켰는지 베일을 벗겨라.

당
신
만
의

탐
험
론
을

펼
쳐
라

적당한 구실을 찾아 '여행 전문가' 내지 '아마추어 탐험가'라는 카드를 써라. 학술 탐구를 위해 '탐험가식 방법'으로 여행한다고, 당신만의 '여행 방법론'이 있다고 한껏 자랑하라. 언젠가 파타고니아에서 민족학을 공부하고 싶다는 바람을 드러내라. '불알 나무'라고 알려진 니제르강의 버들옻 연구나 기린 목보다 긴 목과 뱀 꼬리보다 긴 꼬리에 10미터 길이의 몸집으로 콩고 늪지대에서 똬리를 틀고 산다는 모켈레 음베음베Mokele-mbembe 같은 희귀동물 연구에 열광하라. '감각' 민족학에도 관심 있다고 하면 더 시크해 보이지 않을까?

역대급 스포츠 기록도 잊지 말자. 모든 대륙에서 땀을 흘려보았다고 자랑하라. 캐녀닝canyoning(급류타기), 열차 서 핑Train surfing(달리는 기차나 지하철 선로에 서 있다가 피하는 무모한 놀이), 스카이 점핑Sky jumping, 버딩birding(자연 환경 속의 새를 지켜보는 취미) 등과 같이 당신이 즐긴 활동을 나타내는 단어마다 끝에 '-ing'를 붙여라. 그리고는 피라미드 위에서 번지점프를 해보라고 권유하라. 호주 여행 가이드북《론리 플래닛》의 '스포츠' 섹션과 '그 밖의 다양한 활동' 부분을 참조하라. 이란에서 행글라이더 타기, 프라하에서 역도 배우기, 피렌체에서 조정 경기하기, 몰디브에서 배드민턴 치기 등이 잘 설명되어 있다.

쉼 없이 떠나는 길 위의 여행객 흉내를 내도 좋겠지. 이제는 '나라'라는 말 대신 '영토'라는 말을 써야 한다. 그리고 765개 영토를 여행하여 유럽에서 가장 위대한 여행가라는 칭호를 얻은 스페인 출신 여행가 호르헤 산체스Jorge Sanchez처럼 당신이 발을 디딘 영토를 수집해보자. 장시간 기차 여행을 했다면, 기차가 10분 멈춘 사이에 과일 좀 사려고 잠깐 내린 나라도 셈에 넣어라. 당신이 잠든 사이에 횡단한 영토도 당연히 포함 대상이다. 분명히 당신의 꿈에 나왔을 테니까.

무엇이 당신을 떠나게 하였는가?

당신의 여행 계획이 어떻게 시작되었는지 밝혀라. 세계 지도를 펼쳐놓고 다트를 던져 어디로 갈지 정했다고, 아니면 당신이 어디로 갈지를 선택한 게 아니라 그 나라가 당신을 선택했노라고 결연히 고백해도 괜찮다. 당신은 그 나라의 '부름'을 들은 것이다. '여행 경비'를 밝히는 것도 좋은 방법이다. 그때 당신 주머니에 딱 1,000유로가 있었고, 마침 한량으로 지낼 수 있는 두 달의 시간이 있었다고. '그래, 고생이나 직싸게 해보자!' 하는 마음으로 여행을 떠났다고 하라.

골동품 상점에서 찾은 낡은 '포 파 레베Faut pas rêver(프랑스에서 1990년부터 방송되기 시작한 기행 다큐멘터리 프로그램)'

비디오카세트 세트에서 여행 아이디어를 구하라. 캐나다의 욕조보트 경주Bathtub Race, 발트해의 대구잡이 배 크루즈 여행, 몽골의 수도 울란바토르의 당나귀 축제, 인도양 남서부 로드리게스섬에서의 침울했던 밤들, 에스키모인들이 목청껏 부르는 노래, 염전에서 발견된 그림 그려진 해골, 카르파티아산맥의 벌목꾼 카니발, 멕시코에서 크리스마스이브에 열리는 라디(작은 무의 일종) 조각 대회 등등 무궁무진한 아이디어를 얻게 될 것이다.

여행을 위해서라면 어디까지 불사할 수 있는지 공공연히 떠들어라. 가족과 함께하는 크리스마스를 포기하고 2주 동안 화물선 여행을 다녀왔다는 둥 말이다. 서양의 전통과 속박도 결코 대자연의 부름을 이길 수 없었다고 강조하라.

내가 떠나는 것은 어쩔 수 없는 운명인 것 같아.

그
들
의

발
자
취
를

따
라

근로시간 단축 정책 덕분에, 영화 〈아라비아의 로렌스〉
의 주인공 토머스 에드워드 로렌스의 발자취를 좇아 여
행을 다녀왔다고 이야기하자. 누군가의 자취를 따라 여
행한 이야기를 할 땐 반드시 당신에게 어울리는 인물이
도록 신경써야 한다. 알렉산더 대왕이나 헤밍웨이, 고갱,
라 페루즈Jean François de Galoup La Pérouse(18세기 프랑스 항해가이
자 탐험가), 마젤란 정도면 좋겠다(바다 위 발자취를 따라가기
란 꽤나 까다로운 일이겠지만 말이다). 이런 이야기들이야말
로 죽은 사람을 깨워 산 사람을 잠재우는 기술이다.
한 작가의 이름을 걸고 맹세해야 한다면, 다음 작가들 중
한 명이어야 할 것이다. 르네 카이에René Caillié(프랑스 탐험

가), 로버트 바이런Robert Byron(20세기 초 영국 탐험가), 에벌린 워Evelyn Waugh(영국 소설가 겸 평론가), 발레리 라르보Valery Larbaud(프랑스의 소설가), 폴 모랑Paul Morand(프랑스의 시인 겸 소설가), 니콜라 부비에Nicolas Bouvier(20세기 스위스 여행가 겸 작가, 미술가), 브루스 채트윈Bruce Chatwin(영국의 여행 작가), 잭 런던Jack London(미국 소설가), 패트릭 오브라이언Patrick O'Brien 혹은 Richard Patrick Russ(영국 소설가), 어니스트 섀클턴Ernest Shackleton(영국 군인이자 탐험가), 레드먼드 오한론Redmond O'Hanlon(영국의 작가이자 오지 탐험가, 자연주의자), 로렌스 더럴Lawrence Durrell(영국 소설가 겸 시인), 리샤르드 카푸시친스키Ryszard Kapuscinski(폴란드 저널리스트), 알랭 제르보 Alain Gerbault(프랑스 항해가이자 테니스 챔피언), 알렉산더 켄트Alexander Kent 혹은 Douglas Reeman(영국 작가), 조너선 라반Jonathan Raban(영국 여행작가 겸 소설가), 윌리엄 시브룩William Seabrook(미국 저널리스트), 세스 노터봄Cees Nooteboom(네덜란드 현대 소설가 겸 여행작가), 프란시스코 콜로아네Francisco Coloane(칠레 소설가 겸 단편 픽션 작가), 빅토르 스갈랑 Victor Segalen(프랑스 군의관 겸 문학가), 베르나르 무아트시에Bernard Moitessier(프랑스 항해사), 폴 서루Paul Theroux(미국 여행작가 겸 소설가), 엘라 마야르Ella Maillart(스위스 모험가 겸 여행 작가, 사진작가).

이 작가들의 작품을 단 한 줄도 읽지 않았다고? 그게 뭔 상관?

사이드카나 영구차를 타고, 아니면 영국의 스티븐 코프
Stephen Cough('네이키드 램블러'라고 알려진 영국 운동가로, 나체
로 영국을 활보하다 수차례 체포되었다)처럼 나체로 길을 떠
나보자. 스케이트보드를 타고 니제르의 테네레사막을 횡
단하거나, 콤바인으로 세계 일주를 하는 여정은 어떤가.
이렇게 당신만의 참신한 이동 수단을 고수하면, 주변 경
치도 보고 온 국민의 즉각적인 호감도 얻는 일석이조의
효과를 얻을 수 있다. 잘하면 라디오 프로그램에 초대될
수도 있으니, 자전거 뒷바퀴로 4,569킬로미터를 달린 커
트 오스번Kurt Osburn처럼 독특한 기록을 만들어보는 건 어
떨까.

느
림
의

미
학

느림과 천하태평을 찬탄하여 분위기를 사로잡아라. 편안
함으로 사람을 마취하는 쾌적한 비행기에 비난을 퍼붓
고, 지나온 자취를 확인하고 흘러가는 시간을 잡을 수 있
는 느린 배와 낡은 기차 또는 '당나귀 타고 횡단'을 찬양
하라. 이런 방식은 다른 이동수단보다 더 멀리 간다는 착
각도 하게 해주니 얼마나 좋은가. 하지만 이런 선택을 할
수 있는 자유가 아무 때나 주어지는 것은 아닌지라 할
수 없이 결국엔 비행기를 타야만 했노라는 비굴한 변명
으로 이야기를 마무리하라.

결국 이 세계가 들려주는 노래에 귀를 기울이기에는 건
기만한 것이 없음을 고백하라. 마음을 녹아내리게 만드

는 웃음을 수확물로 거두고 싶은가? 한 나라의 심장이 뛰는 소리를 듣고 싶은가? 그렇다면 걷기가 왕도다. 쾌락과 즐거움은 관광객이나 찾는 것이다.

아
프
니
까
여
행
이
다

자연을 대등한 입장으로 대하고, 세계를 직시하라. 솔직하고 정정당당하게! 여행을 고생스럽게 만들었던 이야기들을 액세서리처럼 늘 챙겨 다녀라. 건염과 물집, 넓적다리에 생긴 염증, 손가락과 발가락에 생긴 종기(예전에는 '모험의 저주'라고 불렀다), 섬유 알레르기, 빠진 몸무게, 새벽에 신발 속에 들어가 있던 전갈 같은, 있는 고생 없는 고생 전부 떠들자.

전통과 현대 사이
그 어딘가에서

현대와 전통의 매력적인 공존을 몹시 사랑한다고 떠들어라. 이 규칙에서 빠져나갈 수 있는 도시는 거의 없기 때문에 이 주제는 매우 유용한 수다거리다. 기회를 봐서, 일본산 오토바이와 등에 안장을 얹은 작은 당나귀가 나란히 서 있는 사진을 보여주면서, 이 사진 한 장으로 모든 것이 빠르게 변화하는 이 나라와 사랑에 빠지게 되었다고 말하라.

중심을 잃고 휘청거리는 세상에 분노하라. 현대 문명사회의 가증스러운 두 가지 해악, '악마와 같은 안락함'과 '돈이라는 신'을 비난하라. 아프리카인이 전통을 무시한 채 시멘트로 새 집을 지으려 한다면 당장 그에게 분노를 퍼부어라. 그리고 아카시아 나무로 지어 거적을 덮은 오두막이나 토담집을 보존해 당신 몫으로 방 하나 남겨두겠다는 약속을 받아내라.

당신이 느끼는 감정을 두려워말라. 그리고 찰나의 순간에 당신을 일깨우고 울음을 터뜨리게 만든 위대한 지혜를 설파하라. "여러분, 여러분에게 '현대성'이란 더 높은 건물을 짓고 더 큰 비행기를 만드는 것, 그리고 불행한 것입니다." 이렇게 말한 다음, 어느 요가 수행자가 계절풍에 흠뻑 젖은 당신의 속옷을 자신의 뜨거운 몸에 올려놓아 단 몇 분 만에 말린 기적 같은 일화를 이야기하라.

별
의
별

박
물
관

통상적인 미술관 관람 코스에 포함되지 않는 특이한 미
술관을 추천하면서 당신이 편견 없이 열린 사람임을 특
별히 강조하라. 라스베이거스의 네온아트 미술관, 리히
텐슈타인의 계산기 박물관, 리즈 성Leeds Castle의 개 목걸
이 박물관, 릭사임Rixheim의 벽지 박물관, 노리치Norwich의
겨자 박물관, 산 세바스티안San Sebastian의 시멘트 박물관,
레바논의 비누 박물관, 오스틴Austin의 햄 통조림 박물관
정도가 좋겠다.

파리는
프랑스에만
있는
것이
아니다

비교에 인색하지 말라. 어느 지역에 가면 예전에 다녀온 여행지가 떠오르기 마련이다. 어떤 산은 도시의 초고층 빌딩을 떠올리게 하고, 어떤 강을 보면 로스앤젤레스의 외곽 순환도로가 생각나지 않는가. 이집트 카이로를 보면 뉴욕이 떠오르듯이 말이다. '동유럽의 파리(부쿠레슈티, 프라하, 부다페스트)', '아메리카의 파리(샌프란시스코, 덴버, 시카고, 부에노스아이레스)', '시베리아의 파리(이르쿠츠크)', '지중해의 파리(아테네)', '아프리카의 파리(아비장)'를 일일이 열거하라. 튀니지나 모로코 쪽에도 생트로페(프랑스 남동부 휴양지)가 얼마나 많은데.

세계 각지에 널린 베네치아들 위치도 줄줄이 꿰고 있을

것. 몇몇 수원水原이나 아주 작은 운하 하나만 있어도 전세계 관광안내소가 검증한 일명 '베네치아' 상표를 받기에 충분하니까.

- 아프리카의 베네치아 열 곳: 젠네(말리), 모사카(콩고), 페스(모로코), 엘 구나(이집트), 몹티(말리), 방기(중앙아프리카공화국), 간비에(베냉), 니오노(말리), 생루이(세네갈)
- 미국의 베네치아 아홉 곳: 허우마, 샌안토니오, 포트 로더데일, 마이애미(플로리다주), 파세오 델 리오, 로웰, 케이프코럴, 타폰스프링스, 베니스
- 북유럽의 베네치아 여덟 곳: 브뤼허, 히트호른(네덜란드), 암스테르담, 상트페테르부르크, 스톡홀름, 헤닝스베르(노르웨이), 합살루(에스토니아), 함부르크
- 동양의 베네치아 여덟 곳: 방콕, 바스라(이라크), 아유타야(태국), 상하이, 베이징, 리장, 저우장 진, 쑤저우
- 인도의 베네치아 세 곳: 알레피, 스리나가르, 우다이푸르
- 캐나다의 베네치아 두 곳: 벤쿠버, 부셰빌
- 독일의 베네치아 두 곳: 빌레펠트, 파사우
- 일본의 베네치아 두 곳: 야나가와(후쿠오카 현), 오사카
- 걸프 지역의 베네치아 한 곳: 두바이

프랑스의 베네치아 50여 곳도 빼놓을 수 없다.

 · 서부의 베네치아 세 곳(낭트, 라 페르테-베르나르, 르동), 보
   카즈 지방의 두 곳(오비니, 네스미), 사부아 지방의 두 곳
   (안시, 샹베리), 동부의 한 곳(생 마르셀 항구), 페리고르의
   베네치아(브랑톰), 가티네의 베네치아(몽타르지), 코트다
   쥐르의 베네치아(그리모 항구), 프로방스의 베네치아(마르
   티그), 브리 지방의 베네치아(크레시), 남서부의 베네치아
   (보르도), 두 지방의 베네치아(오르낭), 피카르디 지방의 베
   네치아(아미앵) 그리고 남부의 수많은 작은 베네치아들.

그리고 전 세계에 산재한 작은 스위스들, 이 '모조 스위
스들'을 불시에 공격하라. 특히 아프리카의 스위스들을
집중 공략할 것. 토고, 부룬디, 케냐, 보츠와나, 우간다,
스와질랜드[이름마저 스위스Switzerland와 비슷하다!] 그리고
전 세계 마운틴 고릴라의 3분의 1이 살고 있는 르완다.
아프리카의 스위스는 이전에도 이 국가들뿐이었고, 지금
도 이 국가들뿐이고, 앞으로도 이 국가들뿐일 것이다.

앤디 워홀이 자신의 일기에 썼듯이, 지출이 있을 때마다 액수를 밝혀라. 밥값, 이발비, 숙박비, 한눈에 반해 산 기념품, 과테말라에서 아이스크림 한 개 가격으로 산 캔버스화가 얼마나 저렴한 가격이었는지 자세하게 설명하라('달러'로 설명하면 좀 더 '쿨'해 보이겠지). 하루 종일 손님이 없어 침울해 있던 외로운 툭툭 한 대를 잡아서 요금을 왕창 깎을 수 있었던 이야기도 생략해서는 안 될 자랑거리. 당신이 진짜 현지인처럼 굴 수 있는 비상한 재주는 물론이고 비즈니스 감각까지 겸비했다는 것을 증명해줄 것이다.

당신이 본 경기 침체를 한탄하라. 갑자기 환율이 300%나 하락하는 바람에, 대하를 맘껏 먹고 지하철 승차권 10장

가격으로 헬리콥터 비행을 해볼 수 있었다고 덧붙이는 걸 잊지 말자. 앙골라에서는 코카콜라 한 병 값이 10달러까지 오르기도 하고, 스위스에서 파는 빅맥은 세계에서 가장 비싸다며 그 부당함을 규탄하라.

현금자동입출금기 대신 ATM 같은 약어로 말하라. 전 세계 모든 공항의 알파벳 세 글자 코드를 줄줄이 꿰고 있어야 한다. 베이징 공항은 PEK, 방콕 공항은 BKK, 로스앤젤레스 공항은 LAX, 오사카 공항은 KIX, 홍콩 공항은 HKG, 멕시코 공항은 MEX, 리우데자네이루 공항은 RIO. 이렇게.

당신의 도시도 아름다울 수 있다

그토록 아름다운 것을 보기 위해 꼭 멀리 가야만 하는
건 아니라고 너그럽게 말하자. 다만 사막과 정글, 빙하와
불타버린 황무지를 활보할수록, 가까이 있는 사람들을
새삼스레 다시 보게 된다고 겸손을 떨자. 가령 단골 구두
수선집 사람이 하는 행동이 조상 대대로 물려받은 것임
을 알게 될 거라고 말이다.

프랑스에도 아직 가볼 곳이 많다는 사실은 말할 것도 없
다. 여행사 광고에서 영감을 받아 프랑스의 숨은 진주들
을 줄줄이 읊어보자. 대양의 진주, 루아양Royan(대서양 해
안 지롱드 강 어귀의 작은 마을), 모젤 지방의 진주, 레미히
Remich(룩셈부르크 모젤 지방에 위치한 주), 북부 노르망디에

위치한 오팔 해변의 진주, 르 투게Le Touquet(프랑스 북부 해안 도시), 북쪽의 아테네라고 불리는 북부의 진주, 발랑시엔Valenciennes(프랑스 북부에 위치) 등등.

나는 여행하는 파워블로거다

주위 사람들이 당신의 여행에 대해 이미 속속들이 알고 있다는 점은 잊어라. 디지털 노마드인 당신은 '준비하다 끝나는 것 아닌가' 싶을 정도로 기나긴 사전 준비를 할 때부터, 벌써 블로그를 통해 미주알고주알 전 과정을 광고했다. 출발하기 몇 주 아니, 몇 달 전부터 사람들은 당신의 대항해 준비의 모든 것을 알고 있었다. 당신은 항공권 화면을 캡처한 것과 호텔 예약 바우처, 파리 샤를 드골 공항 주변에 있는 마음에 들고 믿을 만한 주차장의 주차 요금표(이런 사소한 정보를 가볍게 보아서는 안 된다. 사람들은 이런 정보를 좋아한다), 가방에 챙긴 물건들의 목록, 밀리그램 단위의 가방 무게까지 지인들에게 알린 상태다. 그리고 이제 공항의 비행기 출발 전광판을 사진으로 찍어〔지연이나 취소 등 돌발 상황이 발생하면 더욱 흥미진진하겠지〕인스타그램에 올렸다. 비행기가 출발할 때 착륙장치가 내부로 접히는 장면이 당신 좌석의 스크린에 나타나면 그 모습도 장면도 틀림없이 사진으로 찍어두었을 것이다.

현지에서는 블로깅을 하라. 트위터도 좋고 인스타그램도 좋다. 디지털 노마드라면 여행지에서 돌아오기도 전부터, 그것도 실시간으로 자신의 여행을 자랑하는 기쁨을 맛본다. 블로깅은 당신 여행의 많은 부분을 차지할 것이다. 핸드폰 배터리 충전기는 항상 휴대하고 와이파이 존에서 24시간 이상 멀어져서는 안 된다. 온라인 상태가 되자마자 인터넷상의 모든 SNS에 당신의 여행 이야기를 '복사-붙여넣기'하라. 그래야 여러 종류의 SNS를 사용하는 친구들이 같은 정보를 몇 번이고 읽고 또 읽어 자기 것으로 만들 수 있다. 아, 걱정 마시길. 그런다 해도 항해일지와도 같은 당신의 블로그는 여전히 여행이라는 대항해의 기함旗艦으로 남아 있을 테니.

여행 소비자들이 관광지에 대한 후기와 의견을 나누는 인터넷 사이트에서 당신의 추천과 코멘트가 얼마나 큰

위력이 있는지 강조하라. 숙박에 관한 영향력에서는 타의 추종을 불허하는 당신은 단 몇 번의 클릭으로 초호화 별장의 명성을 단박에 무너뜨릴 수 있다. 싱가포르의 유명한 초호화 호텔의 곰팡이 핀 샤워부스 사진 몇 장을 주변에 보여주어라. 그리고 이 사진을 사이트에 올린 뒤에 이 호텔이 거의 문 닫을 뻔했다고 큰소리를 쳐라.

당신의 'e-유명세'를 한껏 부풀려라. 당신의 여행을 지켜보면서 여행 계획에 필요한 아이디어를 얻는 사람들이 엄청나다며 숫자를 뻥튀기하라. 당신의 영향력이 어찌나 큰지 얼마 전부터 여행사들도 자사 여행 코스를 수정했다고 하라. 그건 그렇고, 당신의 여행 여정에 꾸준히 댓글을 달지 않는 지인들은 가차 없이 친구를 끊어버려라.

당신은 욕망을 불러일으키는 자. 새로운 여행지를 찾아
다니는 개척자로서 당신이 SNS에서 나라 하나를 유행시
켰다고 주장하라. 관광객이 떼로 몰려오기 전에 일찍이
그 나라를 발견했건만, 이제는 도무지 예전의 에너지와
신선함을 찾아볼 수 없다며 탄식하라. 캘리포니아나 뉴
욕의 관광 산업이 침체해 있던 시절, 그곳에 다시 활기를
불어넣은 이도, 오클랜드를 여행자들에게 인기 있는 미
래의 브루클린처럼 만드는 데 혁혁한 공을 세운 이도 바
로 당신이다.

당신이 정복한 곳들을 줄줄이 나열해 청중을 괴롭혀라.
티에라 델 푸에고 제도, 페루의 마추픽추, 브라질의 마투

그로수Matto Grosso, 인도네시아의 보로부두르처럼 귓가에 생생히 와닿는 이름들로 종을 울려라. 여행의 추억이 많지 않더라도 걱정 마시길. 티베트에서 새해 맞기, 갈라파고스 제도에서 거북이들과 수영하기, 보르네오섬에서 세상에서 가장 큰 꽃 따기 등 당신의 꿈을 조용히 속삭이는 거로 충분하니까.

제
목
이

반
이
다

인터넷 활동은 당신의 편집자 능력을 드러내는 장. 그러
므로 '산책하는 몽상가'라든지 '거리를 떠도는 철학자'처
럼 잘 팔릴 만한 제목을 짓는 데 주력하라. 조금 더 핫한
제목을 원한다면 '길 위의 행복 여행', '내 샌들 안의 나
비', '세계를 야금야금 먹는 사람들', '이국의 작은 물방울
들', '산책하는 사람들' 정도도 좋겠다. 당신에게 아이가
있다면 '세상 끝의 꼬마 슈티(프랑스 북부 지역과 그곳에 사는
사람들, 그들이 사용하는 사투리 등을 통칭하는 단어)' 같은 제
목도 괜찮다. 공을 들여 단번에 이목을 끌 수 있는 첫 문
장을 만들라. '이제 됐다. 드디어 떠난다. 세계 일주를 위
해 6개월을 준비했다. 이제 나는 저 멀리로 날아간다…'

이런 문장은 어떤가. 그리고 당신의 블로그에는 여섯 달 내내 '슬라이드 파티Soirée diapos(여행에서 돌아온 사람이 여행 중에 찍은 사진 슬라이드를 지인들에게 보여주며 여행 이야기를 해주는 파티)'가 화려하게 펼쳐질 것이다.

디지털 노마드의 비극

통탄스럽도다, 외딴 시골 마을까지 첨단 기술이 침입하다니! 마사이족은 핸드폰으로 무장을 하고, 시베리아 횡단 기차 안의 승객들도 스마트폰이라는 기기에 몰두하느라 서로 교류하지 않는다고 개탄하라. 같은 칸에 탄 어떤 승객의 태블릿 배터리가 방전된 후에야 비로소 대화를 시작할 수 있었던 이야기를 하며 슬퍼하라.

당신도
될
괴테가
수
있다

당신의 여행 보고를 청중을 위한 한 편의 서정시로 만들
라. 온 세상이 당신의 말에 취해 쓰러져버릴 것이다. 이
제부터 당신은 꿈을 나르는 배달부, 뱃사공, '감동 밀매
업자', 대초원의 광대, 떠돌이 유목민, 이국의 일인자, 헤
로도토스까지 거슬러 올라가는 콩트 작가 계보의 계승
자다. 마치 유랑하는 천사 같은 이 다양한 신분들은 당신
이 이기적 인간이 아니라 공유하는 인간임을 증명하리
라. 당신과 달리 다른 사람들은 새로운 도약을 위해 모든
것을 포기할 용기가 없다. 당신이 여행을 떠나 자리를 비
운 동안 어둡고 시시했을 그들의 인생을 염려하는 척하
며 당신이 열린 사람임을 보여주는 것도 잊지 말자.

당신의 말을 문학적 이미지로 꾸며 두고두고 우려먹고, 그 공로를 괴테에게 돌리자. '감성으로 가득한 이 도시는 어쩔 수 없이 내 열정을 자극하고 말지', '이곳의 지형은 우리를 각자의 내면으로 돌아가게 하는군', '그곳에서는 작은 것 하나도 의미를 갖지 않은 것이 없다네', '지구의 엉덩이 위에 박힌 작은 아름다움이여' 정도면 어떨까. '언젠가 반드시 베네치아로 떠나야 하는 이유는 백지와도 같은 그곳의 강물 때문이야' 같은 표현 정도는 필수적으로 암기하자.

아무것도 하지 않았다는 표현 대신 흡입력 있는 후렴구처럼 '스며들었다'는 표현을 반복해서 사용할 것. 조금 더 유식해 보이는 데다가 주변 경치나 문화, 사람들, 날씨에까지 적용할 수 있다. 실제로는 비록 무료한 시간을 보내고 왔더라도 여행에 진정 스며들어 있었노라고 분명하게 말해주자.

어느 곳이든 본래 이름대로 부르는 건 금물이다. 반드시 에둘러 말하도록! 마치 여행사 광고 전단지라도 된 것처럼 표현해야 한다. 말레이시아라고 하는 대신 '미소의 나라'랄지, 캄보디아 대신 '꾸밈없는 미소와 선율이 아름다운 웃음이 가득한 나라'에 다녀왔다고 말하는 게 좋다.

마찬가지로 베네치아는 '베네치아 공화국', '아드리아 해의 아름다운 약혼녀', '안개의 고향', '도시들의 비너스', '수련의 도시', '매력적인 유혹자'라고 부르면 더 있어 보이지 않을까.

적절한 콘텐츠를 시기적절하게 공개해야 한다. 시차를 계산해 친구들이 아침식사 시간에 신선한 돼지 피 한 사발이나 '록키 마운틴 오이스터'라고도 불리는 미국 서부의 황소 불알 요리 '카우보이 캐비아'가 담긴 아름다운 사진을 배달받을 수 있도록 준비하라.

콘텐츠의 질을 높이는 데에 주력하라. 사진에는 '해 질 무렵, 도시와 사랑에 빠지기에 가장 좋은 순간!' 같은 강렬한 코멘트를 반드시 첨부할 것. '좋은 저녁이야, 케이프타운!', '잘 지내지, 브라질?' 같이 오랜 친구에게 말하듯이 지명을 부르면서 좀 더 '친숙하게' 보이는 것도 좋은 방법이다.

페이스북의 '좋아요'와 댓글의 3분의 1은 사람의 얼굴에 달린다는 걸 명심하자. 8,000킬로미터를 히치하이킹으로 횡단하는 동안 만난 모든 사람들의 사진을 다 올려라.

당신의 낮보다 우리의 밤은 아름답다

메일을 친구의 회사 메일 주소로 보내는 걸 잊지 말도록. 당신이 몽골 횡단 열차에서 보낸 밤이 그들이 회사에서 보낸 낮보다 더 화려하니까. 열대 지방 사진엽서를 동료들에게 보내며 회사라는 말뚝에 매인 그들을 비웃던 회사 직원을 똑같이 따라 해라. 아, 이번에는 엽서에 3,000단어쯤 써서 보내거나 아니면 간단하게 당신이 있는 곳의 일기예보를 캡처해서 보내는 것도 좋겠다.

경쟁이 극도로 치열한 웹상에서 두각을 나타내기 위해
서는 관심 영역을 세분화할 필요가 있다. 틈새 분야를 찾
은 다음 입소문 효과가 확실한 창의적인 콘텐츠를 가지
고 동호회를 만들자. 이 방법은 당신이 문학적 자질이 부
족하고 긴 글쓰기에 취약할 때 특히 효과적이다. 드레스
덴 풍경 그림이 그려진 주차 요금 기계들을 통해 역동
적인 분위기를 만들어 그래피티가 베를린만의 전유물이
아님을 보여주거나, 미국 자동차 안테나 장식들을 전문
으로 다루자. 나머지는 온라인 입소문이 다 알아서 해줄
것이다.

당신의 블로그 독자를 단골로 만들기 위한 가장 좋은 방

법은 바로 당신에게 폭풍 감동을 일으킨 소재로 독자들의 감성을 자극하는 것이다. 회원제 호텔 객실 청소원의 욕실 수건 접는 방법마저도 얼마든지 이야기 소재가 될 수 있다. 코끼리, 문어, 하마와 같은 독특한 모양의 수건 접기나 약간 클래식하게 백조 한 쌍 모양의 수건 접기를 소개하고, 오프라인 모임을 주기적으로 열어 수건 접는 법을 알려주겠다고 제안하라. 누가 알겠는가. 그것이 당신의 여행 인생에 초특급 고부가가치를 창출할지. 이렇게 한 분야에서 전문가로 알려지고 나면, 인터넷에서 당신의 영향력은 날로 커지고 머지않아 유명세가 절정에 이를 것이다. 이참에 아예 목욕 수건 업체와 연계해보면 어떨까? 다음 여행 자금 마련을 위해.

사진이 곧 당신의 여행이다

백문이 불여일사진. 이미지 하나가 천 마디 말보다 강하다. 여행 사진은 적어도 1만 장은 찍어 와야 하고, 1만 장이 안 된다면 그 여행은 완결되지 않았다고 봐도 좋다. 여행지마다 사진 쓰나미를 일으켜라. AP통신이 격주로 쏟아내는 사진 수를 따라잡을 정도는 돼야 하지 않겠나. 레이아웃 보정 따위는 잊어버려라. 피사체는 반드시 상징적이어야 한다. 홍콩의 빌딩숲을 배경으로 유유히 바다 위를 지나가는 중국 선박, 부쿠레슈티에서 찾은 르노 12 모조품, 빅토리아 시대 양식으로 지은 샌프란시스코의 파스텔 색조 주택들, 쿠바의 오래된 미국산 자동차(이 사진을 보여줄 땐 쿠바에는 러시아나 아시아산 자동차밖에 없다는 사실은 모르는 척하자) 정도는 찍어줘야 명함을 내밀 수 있다.

360도 풍경 사진과 함께, 파노라마로 펼쳐지는 배경으로 우수에 찬 당신의 모습을 보여줘라. 코끼리 등, 물속, 유목민의 게르 앞에서 얼이 빠진 설정 사진, 새로 사귄 친구와 함께 찍은 셀카도 좋다. 침엽수림 지대에서의 밤, 사실은 뼛속 깊이 외로움이 사무치고, 다음 날 무슨 일이 벌어질지 뭐가 어떻게 될지 알 수 없지만, 잔뜩 좀먹은 이불 속에서 지금은 어쨌든 웃는 연습을 하라.

에티오피아 남단 오모Omo에서는 원주민들이 사진에 굶주린 관광객과 사진을 찍어주고 돈을 받는다. 당신은 이곳에서 팔이나 다리가 잘린 채 얼굴에 페이스 페인팅을 한 어린아이와 아름다운 사진을 찍기 위해 싼 가격에 흥정했다고 거만을 떨라.

아기에게 젖을 물리는 말리 여인들, 서서 소변을 보는 용감하고 대담한 수단 여성들 같이, 당신 나라에서는 용기도 없고 소심해서 차마 찍을 엄두조차 내지 못하는 사진을 찍으라. 뭔가 켕기긴 하지만 지금이 아니면 언제 찍겠는가.

당신만의 시그니처 포즈를 고안하라. 단번에 알아볼 수

있어야 하고 반복해서 사용할 수 있어야 한다. 상징적인 장소 앞에서 물구나무를 선다든지, 리우데자네이루의 예수상이나 그랜드캐니언을 배경으로 발을 전경으로 찍는 것은 어떨까? 해변에 누워 바다를 배경으로 두 발을 부채 모양으로 펼친 사진과 나란히 놓고 대조해도 재미있겠다. 그리고 '걷기를 사랑하는 나의 발' 혹은 '내 두 발의 세계 일주'라고 이름을 붙이는 거다. 정말 기발한 방법이 아닌가. 독자를 애독자로 만들기에 적합할뿐더러 다른 신체 부위를 활용할 수도 있다.

기상천외한 포즈와 각각의 사진을 찍을 때에 어려웠던 점을 장황하게 늘어놓으라. 당신의 포스팅에 진정한 부가가치를 더하기 위해 이런저런 사진 촬영을 가능하게 한 장비들을 하나하나 구체적으로 설명하라. 숨어 있는 '따라쟁이'들에게도 기회를 줘야 하지 않겠는가. 대화가 흘러감에 따라, 당신에게는 경쟁자들의 사진 촬영 실력 향상에 도움을 준다는 구실로 그들의 기술 장비를 신랄하게 비난해도 정당하다는 권리가 생길 것이다.

코끼리 코에 고프로를 달자

첨단 기술 시장의 노예가 되길 거부하고 반항하라. 저녁 파티의 흥이 식어갈 무렵 낡은 노키아의 조그마한 삼색 스크린으로 산호대나 이화산의 분출을 넌지시 보여주어 시각적 충격을 최대화하라.

여행에서 돌아오면, '슬라이드 파티의 재발견'이 필요하다. 세상에서 가장 불편한 자세를 취하고 있는 사람들의 사진을 최대한 많이 모아 그 슬라이드를 오버랩해서 태블릿으로 보여주는 건 어떨까. 먼 시골 지방의 불편한 교통 환경을 잘 보여줄 수 있을 것이다. 한 친구의 와인 창고에서 '바덴바덴 길에서 만난 남녀들'이라는 제목으로 독특한 사진 전시회를 여는 것도 당신 마음이다.

빠른 속도로 지나가는 파노라마 전경과 갑작스러운 움직임과 같은 기법을 사용하여, 보는 사람들이 멀미를 느끼게 하라. 노르딕 스키나 낙타의 혹, 코끼리 코 등에 전문가용 투명 테이프로 고프로GoPro 카메라를 부착해 입체적이고 생동감 있는 사진을 남길 수 있다. 이 같은 몰입형 기술을 갖추는 데에 돈을 아끼지 말라. 이런 방식으로 코끼리가 찍는 사진을 '엘피elphie'라고 부를 수도 있을 것이다.

광활한 지역을 비교적 장기간 트래킹으로 횡단할 땐 자연에 몸을 맡기는 게 상책. 턱수염, 머리카락, 겨드랑이털 등 당신의 '털 시스템'의 변화를 다양한 배경과 함께 사진으로 남겨라. 그리고 이 사진들을 역동적으로 편집하여 '털과 함께 한 여행' 성공담에 활기를 더해라.

아주 짧고 속도감 있는 영상을 직접 제작해 SNS를 폭격
하라. '2분 30초 만에 끝내는 세계 일주', '1분 러시아 여
행', '6초 동안 만나는 중국'처럼 더 짧고 가속도가 붙는
다면 더욱 이상적이다. 그 짧은 시간 안에 보는 사람을
지루하게 만들기란 어려운 일. 한 시간 반짜리 메이킹 영
상을 올리는 건 필수다.

지속 가능한 디지털 발자국, 즉 비디오 중에서 당신이 가
장 아끼는 자료를 이용하여 사람들에게 강한 인상을 남
기자. 매쉬드 포테이토 춤(1960년대 미국의 트위스트와 로큰
롤 시대에 유행한 춤)과 테크토닉의 중간쯤 되는 조금 바보
스럽고 아주 개성적인 춤을 만들자. 그리고 몇 달간 아즈
텍 유적지의 피라미드에서, 분출하는 화산 앞에서, 천안
문 광장에서, 한반도의 비무장지대에서, 태평양 바닷속
에서, 튤립꽃밭 한가운데에서 직접 안무한 춤을 추어라.
알록달록한 판잣집들 앞에서 춤을 출 땐 주민들에게 춤
을 추는 당신 주위에서 몸을 흔들어달라고 부탁하면 어
떨까. 아마존 숲에서 야노마미족(아마존 열대우림 지역에서

가장 큰 규모를 형성하고 있는 부족)과 함께 집단춤을 춘다면 강렬한 인상을 남기리라. 돌아오는 비행기 안에서 바로 편집을 시작하자. 전쟁 중인 나라들에 다시금 희망을 주기 위해서 일분일초라도 아껴야 한다.

히말라야에는 설인 예티가 산다

사람들의 집중력이 약해진다 싶으면, 히말라야의 설인 예티나 네스호의 괴물처럼 당신도 아직까지 한 번도 본 적 없는 전설의 괴물에 대한 농담을 하면서 친근한 유머를 발휘하라. 단, 재미있어야 한다. "칠레는 여기와 계절이 정반대예요! 그래도 팔다리 위치가 바뀌지는 않았답니다!" 같은 농담이면 충분할 듯. "전설의 코뿔소가 당신의 눈을 똑바로 쳐다본다면, 생각만 해도 으스스하지 않은가요?"(유럽에는 코뿔소가 전설의 동물 유니콘이라는 믿음이 있다)처럼 온몸을 전율하게 만드는 전설들도 대담하게 활용할 필요가 있다.

당신의 배낭에 무엇이 들어 있었는지 공개하라. 공작새 깃털로 만든 피리, 단도 하나, 해먹, 곰 퇴치용 포탄, 팬 티 몇 장이면 기본으로 충분하다고 말하라. 가능한 한 가 볍게 다니는 것이 좋지 아니한가. 그동안 여행 다니며 사 귄 전 세계 친구들 집에 짐을 두고 와서 옷가지를 챙길 필요가 없어서가 아니라, 그냥 그때그때 옷을 사서 입는 편이 낫기 때문이다.

여행에서 돌아온 뒤에 디지털 기기에만 의존하는 것은 금물이다. 이미 웹상에 '포스팅 쓰나미'를 일으켰으니 이제는 여행에서 얻은 것을 '실생활'에서 드러내는 것이 무엇보다 중요하다. 다시 기본으로 돌아가야 할 때다.

여행에서 돌아온 첫날 저녁 식사부터 내면에 고요한 힘이 충만하다는 인상을 풍겨라. 여행지에서 보았던 태양처럼 온몸으로 환하게 빛을 발하는 법을 터득하고, 깊은 인상을 주는 발성법을 연구하라. 아시아를 여행했다면, 시종일관 엄숙한 표정을 지어라. 위대하고 혁신적인 동양의 지혜를 전달할 사명을 부여받은 사람처럼 말이다. 테이블 끝에 앉아 긴 망설임과 깊은 명상호흡 사이를 줄

타기하며, 당신을 사로잡았던 문명의 문자를 몇 개 그려 보여주어라. 주위 온도가 10도 정도 올랐다면 당신의 이 야기는 성공한 것이다.

이야기를 듣고 있던 누군가가 당신이 언급한 나라에서 살아본 적이 있다고 말한다면? 당장 그의 입을 막고, 그 나라에 대해 당신이 알고 있는 한 치의 오차도 없는 엄밀한 지식을 동원하여 그가 잘못 알고 있는 부분을 고쳐 주자. "아닙니다, 삼바는 여성 명사가 아니라 남성 명사예요!", "이보게, 이런 말을 해서 미안하지만, '코코넛(불어로 coco)'에 강세를 잘못 주면 브라질에서는 '똥(불어로 caca)'으로 알아듣는다네."

당신이 여행한 나라에 대해 한창 신나게 떠들고 있는데, 하필 그 자리에 그 나라 출신인 사람이 있다면? 그 사람의 고향과 대륙에 대해 당신이 더 잘 안다는 걸 증명하기 위해 모든 수단과 방법을 총동원하라.

좋은 장소는 공유하자. 특히나 사람들이 당신에게 좋은 장소 좀 알려달라고 물어오지 않을 땐 더더욱.《기드 뒤 루타르》처럼 '어디에서 가벼운 안주와 함께 맥주 한잔할까?'를 주제로 당신만의 리스트를 만들자. 딱히 제안할 만한 곳이 없다면 생-말로Saint-Malo(프랑스 북서부에 있는 항구도시)에 있는 작은 카페 하나만 줄창 언급해도 된다. 막 항구를 떠나려는 배들이 흡사 당신과도 같아 항구 분위기가 참 마음에 들었노라고 덧붙이는 것도 잊지 말도록.

당신의 미니 강연에 사람들을 초대하라. 그들에게 질문을 권하고 공감을 얻어내라. 당신의 이야기가 마음에 드는지, 당신처럼 여행하고 싶은지 물어보라. 만약 그렇다고 하면, '이때다' 하고 당신의 다음 여행에 출자할 생각이 없는지 물어보라. 그러나 모험을 떠나려는 사람에게 당신처럼 위대한 탐험을 하려면 치밀한 사전 준비와 노련한 경험이 필요하다고 조언하는 배려도 잊지 말라. 당신도 그러한 '초보 여행자' 단계를 거쳤고 이때 저지른 실수는 소중한 경험이 되어 자신을 단련하는 기회가 되었다고 고백하라. 처음 떠나는 여행지로는 모로코나 안도라처럼 가깝고 작은 나라를 권하라.

파티에 참석할 땐 조금 더 머리를 굴려보자. 생일 파티나 친구의 결혼식과 같은 흔치 않은 이벤트에서 사람들의 관심을 독차지하라. 특히 당신이 상석에 앉았다면 더더욱. 식사 중에는 중앙아시아 대초원에서 수도 없이 말을 타고 달린 경험을 목청 높여 이야기하자. 수많은 귀가 슬그머니 당신의 경험담을 듣고 싶어 할 테니까.

당신이 수줍음이 많은 성격이라면, 여행자들이 많이 모이는 바 같은 곳에서 미리 연습을 해두는 것도 좋겠다. 사흘 이상 머문 나라의 이름이 새겨진 배지를 달고 기다려보라. 캐묻기 좋아하는 사람들이 다가와서 당신의 전문적인 능력을 펼칠 기회를 줄 것이다.

여행에서 돌아올 때마다 이력서의 '기타 활동'란에 다녀온 나라를 추가하는 것도 잊지 말자.

오
감
을
사
용
하
라

당신만의 생동감 넘치는 날 것 그대로의 이미지를 서슴
지 말고 사용하라. 당신의 감성을 뒤흔든 한 폭의 풍경이
흡사 '상감세공과도 같았다'고 묘사하자. 조금 더 경쾌한
이미지를 묘사하고 싶다면, 어느 경작지가 마치 어떤 색
과도 잘 어울리는 '마름모꼴 무늬의 알록달록한 양탄자'
와 같았다고 감탄하자.

시간에 구애받지 말고 냄새와 빛을 아주 상세하게 묘사
하라. 식료품점의 자극적인 냄새, 매시간 변하는 모로코
마라케시의 한낮 햇빛에 대한 논문을 쓴다 생각하고 마
냥 설명하라.

사람들을 만나 식사를 하게 된다면, 당신에게 깊은 감동

을 준 요리를 설명하는 것이 좋겠다. 인도네시아의 코코
넛 크림에 재운 개고기, 멕시코의 거북이탕, 루마니아의
다진 곰 발바닥 요리, 일본의 여우 혓바닥, 베트남의 번
데기 수프, 남극의 크림소스를 곁들인 쥐 요리, 호주의
앵무새 파테(잘게 썬 고기를 양념하여 질그릇에 끓인 후 그대
로 식혀서 먹는 요리), 사모아섬의 박쥐 오븐구이 등등. 디
저트로는 치명적인 우아함을 자랑하는 중국요리 이야기
가 어울리겠다. 불붙은 활활 타오르는 불판 위에 산 닭
을 올려 춤추게 한 다음, 닭발에서 떨어진 얇은 껍질의
맛 같은.

촉각을 이용하라. 여행 이야기는 감각의 축제여야 한다.
옆에 앉은 사람들의 어깨나 손목을 잡아 당신의 인간적
열기가 넘쳐흐르도록 하라. 말하는 도중에 여행지에서
실제 나누었던 대화를 집어넣거나 지역 주민의 억양을
따라 하면서 몇몇 장면을 흉내 내는 것도 좋다. 특히 말
하면서 손짓을 많이 사용하는 나라에 다녀왔다면, 당신
의 손을 결코 얌전히 두어서는 안 된다.

사바나를 이야기할 땐 위생 따위는 잊어라. 여행에서 돌
아와 며칠 동안은 여행할 때 입었던 옷을 그대로 보관하
라. 사람들이 먼 바다의 공기를 맡을 수 있도록. 이러한

모험의 향기는 당신의 이야기에 현장감을 더해줄 것이다. 살구향 샤워젤은 관광객들이나 사용하는 것이다.

이야기할 땐 효과가 검증된 자세를 취하라. 퐁파두르 스타일(프랑스 루이 15세의 총애를 받은 퐁파두르 부인이 즐기던 스타일)로 벽난로에 팔꿈치를 걸치거나 양고기 스튜 위로 기도하는 손 모양을 해보자. 앉을 땐 뒤로 몸을 약간 젖히고 한쪽 팔을 편안하게 의자 팔걸이에 걸친다. 마치 당신의 눈동자가 예전에 응시했던 무한대로 펼쳐지는 무언가를 기억하기라도 하듯, 눈빛에는 우수가 어려 있어야 한다. 당신의 자유를 향한 갈망을 모두가 인정할 수밖에 없도록 창문 밖으로 자주 시선을 던져라.

탬버린과 짤막한 턱수염을 과시하라. 그리고 당신의 몸이 말하도록 내버려 두어라. 확실한 드레드락 헤어스타일, 열대 동물의 해골 모양 피어싱, 거미에 물린 자국까지 당신의 온몸이 많은 것을 말해줄 것이다. 당신이 가는 곳 어디에서든 당신을 보호해주는 여행가 전사 문양의 타투도 잊지 말고 보여주자. 당신이 선택한 것이 아니라, 그것들이 당신을 지명했다고 하라. 팔뚝에 새긴 신비로운 좌표는 보물이 숨겨진 지점을 가리킨다는 둥 각각의 표시에 어울리는 이야기를 만들어라. 악어 이빨로 만든 목걸이, 아몬드 색 눈동자의 어느 네팔 경찰이 조상의 유언이라며 당신에게 물려준 코끼리 털 팔찌를 절대로 빼지 말라.

여행은 운이 아니다

누군가가 당신에게 여행도 다니고 운이 좋은 사람이라며 부러워한다면 그 자리에서 분노하라. 여행은 운의 문제가 아니라고, 동기와 선택의 결과라고 응수하라. 우리들 대부분 큰 희생을 치르며 자신의 열정을 불태우지 않는가. 당신이 여행을 떠나기 전에 회사의 미치광이 동료들이 어떻게 당신의 계획에 찬물을 끼얹으려 했는지 말해주자. 계획에 성공하기까지 더디게 지나간 고된 시간, 당신이 견뎌낸 모든 역경, 당신 자초한 고민까지 모두 재구성해 들려주어라. 여행은 운이 아니다. 운은 기적의 비종교적 형태일 뿐이다. 게다가 거저 주어지는 것은 아무것도 없다. 그러니 그 사람의 보수주의를, 무기력함과 자신의 한계에 다가갈 때 느끼는 불안을, 미지의 세계에 대한 공포를 꼬집어주어라. 우리는 대담하게 이 세계와 대면해야 하느니!

남은 화폐는 그대로 가져오자

외국 화폐를 가지고 다녀라. 여행에서 돌아온 직후, 빵집에서 무심결에 그런 것처럼 다른 나라 지폐로 빵값을 내라. 식당에서도 다른 나라 화폐로 팁을 두면 돈을 절약할 수 있다.

여행
선물
제대로
고르는
법

인간적인 태도를 보여라. 여행지의 수공업 장인들을 응원하라. 마크라메 레이스로 짠 핸드폰 케이스와 같은 지방 특산물들을 가혹할 정도로 흥정해서 구입해 선물로 가져오라. 선물에 가격이 뭐가 중요한가. 전 세계 빈곤 문제를 생각한다면, 당신 친구들은 선물의 가격으로 응석을 부려서는 안 될 일이다.

풍적과 피리, 캐스터네츠, 부주키로 연주한 민속음악 해적판 카세트를 선물하면서 이 음악이야말로 히트 칠 가능성이 크다고 끈질기게 설득하라.

미국 땅 모양 스테이크를 구울 수 있는 작은 주방 도구, 아기자기한 다람쥐용 팬티 세트, 냉장고 문짝에 붙일 수

있는 자석 모음 등 정말이지 아무짝에도 쓸데없는 선물
을 고르자.

위대한 모험가는 무뚝뚝하다

불편한 심기를 애써 감추려 하지 마라. 먼 여행에서 돌아
와 환기가 잘 되지 않는 밀폐된 공간에 같은 자세로 앉
아 있자면 힘든 게 당연한 거 아닌가. 얼마든지 불편한
심기를 드러내도 된다. 그러니 당신의 이야기를 듣기 위
해 모인 사람들을 향해 잠시 불쾌함이 팍팍 묻어나는 태
도를 보여라. 모름지기 위대한 모험가에게는 무뚝뚝한
면이 있기 마련이다.

가벼운 우월감을 길러도 좋다. 당신은 누구도 하지 못한
새로운 경험을 했고 머릿속은 새로운 지식으로 꽉 차 있
으니까. 한동안은 지인들이 여행 중에 만난 사람들보다
덜 흥미롭고 지루하다고 여겨보자. 썩 대답할 만한 질문

이 아니라고 생각되면 대답하길 거부하라. 그리고 눈썹을 추어올리며 질문한 사람을 잠자코 빤히 쳐다보자. 대답할 가치도 없을 만큼 시시한 질문을 던진 거라는 신호쯤은 줘야 하니까.

참을성 있게 기다려라. 당신의 만담에 대한 보상은 언젠
가 돌아오리니. 조만간 당신의 의견을 물어오는 사람들
에게 당신의 조언과 맛집 리스트를 넘기게 될 것이다. 어
느 낯선 사람이 다가와 당신 어깨를 두드리며 "몇 가지
조언 좀 부탁드려도 될까요?"라고 말을 거는 바로 그날
말이다.

때
로
는

아
날
로
그

당신의 위대한 여행을 이야기하기에는 디지털 콘텐츠만
으로 부족하다. 초대받은 사람들에게 당신이 '다양한 방
법으로 기록한' 여행 일기를 읽어보라고 강요하라. 게다
가 여행 일기는 사진 앨범보다 더 진실해 보인다. 담배
마는 종이 느낌이 나는 커버로 싼 두꺼운 쌀종이 노트는
별별 것들을 보관하는 용도로 쓰기도 괜찮다. 버스표, 초
콜릿바 껍질, 땀 몇 방울로 색이 바랜 수채화에 붙어 말
라비틀어진 모기를 보관하기 좋다.

직접 책을 한 권 써서 여행작가가 되자. 자비로 책을 출
판하면 작가 되기 어렵지 않다. 대부분의 재고를 친구들
집에 분산해 쌓아놓고(가장 믿을 만한 친구 집에 가장 많이 쌓

아놓자) 지인들에게 좀 팔아달라고 간청하자. 그리고 거의 매일, 재고 처리 상황을 확인하자. 판매 총액이 당신의 여행 업적에 미치지 못한다면 회계 비리나 몰래 팔아넘기기가 있었던 건 아닌지 의심하라.

여행에 푹 빠진 사람답게 집안 인테리어를 바꿔보자. 옷
걸이에 인디아나 존스 모자를 걸면 온 집안에 모험 분위
기가 물씬 풍길 거다. 사모아 제도 올로세가섬의 모래,
브라질 리우데자네이루 이파네마해변의 모래, 발리섬 남
부 울루와투 사원의 모래 등, 먼 이국땅의 모래를 담은
튜브들과 전 세계 호텔 객실의 설탕 봉지 컬렉션을 책상
위에 좌르륵 진열한다. 그리고 벽에는 멕시코 전사들이
쓰는 마스크와 이국의 냄새가 물씬 풍기는 악기 혹은 뉴
기니섬에서 가져온 원주민의 음경 상자를 걸자.

요하네스버그 공항 면세점의 비닐봉지부터 배낭에 붙은
비행기 편명 스티커 라벨까지 집안 곳곳에 여행을 다녀

온 흔적을 흩뿌려라. 항공 티켓은 물론이고 항공사에서 제공하는 위생봉투까지, 하나도 버리지 말고 지극정성으로 보관하자. 수집한 여행 관련 책자들이 책꽂이를 얼마나 차지하는지 정기적으로 체크하는 것도 잊지 말자. 여권에 셀 수 없이 찍힌 아름다운 스탬프 하나하나에 감상을 기록하며 자랑하는 것도 잊어서는 안 된다. 그럴 때마다 당신이 겪은 행정 문제, 바친 뇌물, 비자를 발급받느라 마지막 순간까지 스트레스받았던 일을 추억할 수 있으니까.

커피 테이블에는 대나무 숲과 그 속을 거니는 표범이 그려진 보를 깔고, 그 위에 무겁고 두껍고 근사한 책들을 잘 보이도록 배치하라. 화산이나 산, 등대, 사막 혹은 조금 더 전문적으로 보이려면 모래 언덕을 다루는 책처럼 공통의 주제를 관통하는 책들은 넉넉한 공간을 마련해 함께 진열한다. '하늘에서 본 이집트'나 '높은 곳에서 본 이집트', '하늘과 바다 사이의 이집트' 같은 제목의 책을 선택하라. 이 방법은 이미 관광객들로 쑥대밭이 된 곳들을 제외하고는 어느 나라에든 적용할 수 있는 만능열쇠다. '반항하는 섬, 아이슬란드'처럼 당신의 기질을 드러내는 책도 눈에 잘 띄게 두자.

집에 친구들을 초대할 땐 티베트산 양말, 태국 세일러복 바지, 멀티포켓 조끼나 극지방에서 입을 법한 아즈텍 문양의 모피를 입고, 여행지의 특징을 드러내는 다채롭고 환한 빛깔의 에스닉 머플러로 마무리한다. 에콰도르 아추아르족Achuar(에콰도르의 아마존 지역 원주민) 여인들의 제조 방식으로 마니옥mannioc 맥주를 직접 만들어 준비하자. 먼저 당신의 침이 발효를 촉진하도록 한참 동안 마니옥을 씹은 다음 헬멧 크기의 사발에 맥주를 담아 대접한다. 매우 공격적인 성격으로 유명한 아추아르족은 맥주를 사양하는 것보다 마시지 않고 가득 채워진 채로 사발을 내려놓는 것을 더 큰 모욕으로 생각한다고 덧붙이는 것도 잊지 말자.

당신의 여행은 아직 끝나지 않았다

여행 이야기를 하는 그 순간까지도 당신의 여행은 계속 이어지고 있는 것이다. 특히나 돈이 많이 든 여행의 경우, 이렇게 빛나는 모습으로 모두의 감탄을 한 몸에 받으며 여행 이야기를 하는 것은 놀라운 수익을 창출하는 일종의 투자라고 해도 과언이 아니다. 왜냐하면 청중은 당신의 이야기를 들으며 간접적으로 여행을 경험함으로써 결국엔 비행기 값을 아끼는 셈이 되기 때문이다. 즉 여행 이야기를 하기 위해 마련한 모든 약속들은 당신의 가치를 높이는 새로운 기회가 되는 동시에 새로운 수익을 창출하는 것이다.

여행에서 돌아온 지 얼마 안 되었다는 '티'를 팍팍 내라.

'~에서 돌아온'이라는 지위는 최대한 길게 누릴수록 좋다. 진동하는 후광으로 둘러싸인 당신은 아직도 먼 이국 땅의 물안개, 손때 묻지 않은 저 광활한 땅의 먼지로 덮여 있다. 모호한 태도를 유지하며 당신이 여행에서 이제 막 돌아왔다고 착각하게 만들어라. 이러한 '막 돌아온 척하기'의 수명은 고무줄과 같아서 짧게는 3일에서 길게는 6개월까지 연장할 수 있다.

여행에서 돌아올 때와 마찬가지로 새로운 여행지로 떠날 때도 같은 시나리오를 적용하자. 여행을 떠나기 며칠, 몇 주, 몇 달 전부터 여행을 '준비'하는 것이다. 당신은 여행 전부터 이미 어딘지 모를 막연한 땅과 부드러운 안개 속을 거닐고 있다. 시공간의 엄청난 균열에서 길을 잃고 끊임없이 부유하는 것이다. 이러한 꼼수 덕분에 사람들은 일 년 중 단 한 번의 주말에만 겨우 당신을 볼 수 있다. 그러니 집이나 아파트라는 말 대신 '잠시 다녀가는 곳'이라는 표현을 사용하여 당신이 반쯤은 유목민임을 혹은 잠시 머물다 가는 여행가임을 분명히 드러내라.

모든 것을 당신의 여행과 연관시키고, 여행을 다녀온 후 당신이 느끼는 일상의 우울함을 이해해달라고 부탁하라. 당신이 사는 곳에 있는 가장 유명한 식당에서 가장 평이 좋은 메뉴가 치킨 티카 마살라를 인도 뭄바이의 시장 거리 끄트머리에서 맛본 치킨 티카 마살라와 끊임없이 비교하면서 도대체 여기 음식은 맛이 없어서 먹기 싫다고 불평하라.

그리고 마침내 우리는 깨달았다

당신의 인생을, 그리고 당신이 일상을 이해하는 방식을 바꾸어버린 여행에 대해 길게 떠들어라. 결코 이전과 같은 상태로 돌아갈 수 없게 만든 당신의 특별한 여행에 대해 말이다. 하지만 어떻게 보면 여행은 당신을 바꾼 게 아니다. 당신이 진정 누구인지 드러내주었을 뿐이다. 이제 당신은 무궁무진한 보배로 충만해졌으니, 여행의 경험에서 교훈을 끌어내어 화룡점정을 찍어라. 그것은 당신이 부여받은 임무의 열쇠이자 성배, 로즈버드Rosebud(오손 웰즈의 소설 《시민 케인》에서 주인공이 죽기 직전에 남긴 말로 어린 시절의 순수함, 행복, 가질 수 없었던 무엇을 의미한다)라고 할 수 있다. 그토록 가난한 동시에 그토록 풍요로운

이 나라에서 당신의 탐구가 절정을 이루었다고 하자. 당신이 세계를 풍요롭게 했으니, "마침내 우리는 깨달았다. ⋯ 인간의 본성은 보편적이라는 사실을" 혹은 "우리는 어쩌면 물질적으로만 행복을 느끼는지 모르겠다. 하지만 그곳 사람들은 진정한 행복과 진정한 삶을 누리고 있다"라며 대단원의 막을 내리자.

그리고 긴 시간 동안 침묵하라. 그런 다음 조용히 창가로 다가가, 눈에 들어오는 것들을 주의 깊게 응시하며 이렇게 마무리하라. "세계는 아직 못 다 읽은 펼쳐진 한 권의 책과 같다. 하지만 아직 하지 못한 여행이야말로 가장 아름다운 여행이 아닌가?"

이 작은 책은 개정과 증보를 거치면서, 지금은 출판 계약서만큼 두꺼워졌다. 본래 이 책은 10년 전, 배우 발레리 르메르시에Valérie Lemercier가 소개해줘서 세실 다비드-웨일 Cécile David-Weill이 출판한 팸플릿 컬렉션의 세 번째이자 마지막 작품이었다. 내용은 부모님 친구의 딸에게서 착상을 얻었다. 못 본 지가 10년도 더 되었던 그녀는 1980년대 후반 어느 주말 우리 집에 깜짝 손님으로 찾아 왔다. 1년간의 안식년 동안 세계 일주를 마치고 막 도착한 그녀는 대항해에서 돌아온 지 얼마 되지 않아 여독도 채 가시지 않았으련만 거대한 사진앨범 4개를 양팔에 한아름 안고 들이닥쳤다. 칼바도스의 작은 마을에서 태어난 데다 그때까지 한 번도 비행기를 타본 적 없는 어린 나는 그녀가 다루기에 아주 쉬운 포로였다. 사진을 한 장 한 장 넘길 때마다 똑같은 에피소드, 똑같은 코멘트를 하루에 여섯 번씩 듣고 있자니 어찌나 죽을 맛이던지. (그중에 과테말라 에스파드리유에서와 같은 에피소드들은 이 책에도 포함되었다.) 방에 누군가가 들어올 때마다 마치 기계처럼 처음부터 다시 시작되는 가혹한 이야기에 나는 꼼짝도 못하고 화석처럼 굳어버린 채 그야말로 완전히 녹초가 돼서 나가떨어졌다.

이곳저곳에서 모은 여행담, 주로 지인들에게서 들은 다채로운 여행담 덕분에 나는 재빨리 책을 완성할 수 있었다. 책의 형태는 내가 최고로 유머러스하다고 생각하는 책, 조너선 스위프트의 《하인들에게 주는 지침》에서 힌트를 얻었다. 초판에서 이 작가에 대한 언급을 누락했던 게 사실이다. 하지만 몇 년에 걸쳐 수많은 추억을 공유해주고 소중한 도움을 아끼지 않은 친구들에게 감사를 표하는 것만큼은 절대 잊지 않았다. 최소한의 예의라고 생각했기 때문이다.

그런데 책이 출간되자 이상한 현상이 나타났다. 몇 주, 몇 달, 혹은 몇 년 동안 내 주위 사람들이 마치 무슨 저주

라도 받은 것처럼 중거리든 장거리든 모든 형태의 여행을 단념한 듯했다. 희귀식물이라도 하나 얻어 오랫동안 집을 비우지 못하게 된 걸까? 유엔의 블랙리스트에라도 올라 국경 통과를 금지당했나? 중이염에라도 걸려 비행기를 탈 수 없게 된 걸까? 아니면 매번 두 팔을 들고 한 바퀴 돌게 하면서 '공항 마카레나'를 추게 만드는 모욕적인 공항 몸수색이 이제 와서 피곤해진 걸까?

나중에야 까닭을 알게 됐다. 내 앞에서는 여행 이야기를 하지 않기로 자기들끼리 무언의 약속을 했다는 사실을. 내 앞에서는 인칭대명사나 동사 한두 개, 국가명(운이 좋으면 도시까지)처럼 최소한의 정보만 언급할 뿐이었다. 그 바람에 한동안 내 이야기 소재가 말라버리고 말았다. 다행히 얼마 후 SNS가 등장한 덕택에 다시금 소재가 풍성해졌다.

이 책이 출간되던 2005년 당시에는 페이스북이나 트위터, 인스타그램이 본격적으로 두각을 나타내기 전이었다. 핸드폰으로 풍경 사진을 보고 있자면, 욕구불만으로 가슴만 답답할 뿐이었다. 하지만 요즘은 나를 포함한 모두가 고해상도 셀피와 전 세계 음식 사진을 실컷 만끽할 수 있게 되었기에, 이 소책자를 현실에 맞게 개정할 필요가 생겼다. 그렇게 해서 '따분한 여행담 전문가'는 '따분한 여행담 전문가 2.0'이 되었다. 하지만 여행자들은 여전히 같은 악보를 보면서 같은 연주를 하고 있다. 예전에는 이른 아침 관광지에 처음으로 도착한 관광객들이 고대 유적지에 낙서를 남기곤 했다. '나 거기 갔었다'라고 온 세상에 알려야 하는 강박증 환자처럼 말이다. 하지만 오늘날에는 디지털 혁명 덕분에 모두가 '나 여기 있다!'라고 알리고 있다.

이제 좀 유행이 지났어.
그렇지 않아?

카를 라거펠트 (여행에 대해서)